아닌 척해도 오십,

그래도
잘 지내보겠습니다

아닌 척해도 오십,

그래도
잘 지내보겠습니다

서미현 지음

그로우웨일

팔순의 싱글맘과
오십의 독신이
함께 산다

—자그마치 오십 년 동안

왜 독립 안 하고 살았어?

(어쩌다 보니, 이유가 있나?)

결혼은 왜 안 하고?

(그런 말 들을 때는 지난 거 같은데.)

엄마랑 사는 거 힘들지 않아?

(남편이랑 사는 건 쉬운가 봐?)

난 간만에 친정 가서 보면 처음만 좋지, 하루만 지나도

집에 오고 싶더라.

(넌 좋을 때가 있어서 좋겠다.)

그렇다. 나도 딱히 잘 맞아서 사는 것도 아니고, 타고난 심청 DNA가 있어서 효를 실천하는 건 더욱 아니다. 어쩌다 우리는 여기까지 오게 되었을까?

대한민국의 자료화면이 흑백이던 시절, 우리가 모두 거의 못 살던 시절. 한 달에 한 번 타는 월급을 집에 가져다주며 개고생하던 K 장녀가 있었다. 늦어도 이십 대 초반이면 결혼하는 게 추세였던 때였는데 우리의 K 장녀는 쫓아다니던 남자들을 거들떠보지도 않고 고상한 척 콧대를 높이고 있었다. 물론 그 뒤에는 집안에 유일한 고정월급쟁이였던 역할과 책임감도 따랐을 터. 나이를 먹을 만큼 먹은 K 장녀를 눈여겨보던 동네 매파의 눈에 들게 된다. 안

들었어야 했다. 도망쳐!

매파의 소개로 재산이 있다고 소문난 파란 대문 집의 K 장남과 선을 본다. 그 후 K 장녀는 무엇에 홀렸는지 결혼하고 나서야 '이거 X 밟았다' 뒤통수를 세게 맞는다. 재산이 있기는커녕 아침저녁으로 빚쟁이가 줄을 섰다. 어디에 이층집이 있고, 땅이 있다며 꼬드기던 매파의 말이 새빨간 거짓말이었음을 나중에 알게 된다. 제대로 알고 나니, 매파의 문제가 아니라 시어머니의 허언이었다. 그리하여 K 장녀는 이러지도 저러지도 못하는 엉망진창 늪에 빠져버렸다.

K 장남은 부모라면 껌뻑 죽는 효자 중의 효자에다가 아래로는 동생들이 줄줄이 소시지처럼 있었다. K 장남은 결혼 전 사우디아라비아에서 돈을 벌어 집으로 보냈는데 그걸 모아두기는커녕 모든 가족이 일은 하지 않고 그 돈으로 먹고 쓰고 살고, 또 먹고 쓰고 사는 것도 모자라 빚을 졌다. K 장남은 아무리 그랬어도 어느 정도는 남아 있을 줄 알았나 보다. 집도 샀다고 거짓말을 했고, 그래서 결혼도 했다. K 장남 역시 부모와 형제의 뒤통수 가격에 너덜너덜해졌고, 심적 부담은 커져만 갔다. K 장녀는 딸을 낳았다. 빚쟁이 사기꾼인 시어머니는 그 딸이 아들이 아니라고 '섭섭이'라는 아명을 지어주었다.

빚의 구렁텅이에서 헤어날 길이 없었더라도 가난이 모두를 피폐하게 만들며 진저리치게 만들더라도 둘이, 아니 셋이 그럭저럭 잘 살았으면 좋았겠지만, K 장남은 어느 날, 돌연사한다.

하루아침에 K 장녀는 미망인에 싱글맘이 되어 버렸다. 섭섭이를 키울 수도 안 키울 수도 없는 갈림길에 서고, 어느 날 돌이 지난 섭섭이를 시댁에 놓아둔 채 친정으로 돌아왔다. 그러고는 한 달 만에 다시 아이를 찾으러 시댁을 찾아갔다. 처음엔 엄마를 알아보지 못하고 빤히 쳐다보다가 그제야 생각이 났는지 엄마 품에 안겼다. 먹지 않고 울어만 대서 목이 목각인형처럼 간당거렸다. 동네 사람 누구라도 안을라치면 찢어지게 울어서는 까칠한 아이라며 동네에 소문이 났었다. 시어머니는 빨랫줄에서 물이 뚝뚝 떨어지는 기저귀를 걷고, 섭섭이의 밥그릇과 숟가락과 젓가락을 싸서 주었다고 한다. 허둥대면서. 섭섭이는 K 장녀가 키우기로 했다. 오만 험한 말을 들었던 시어머니와도 끝을 맺었다. 모든 연을 끊기로 한다. 아이를 빌미로 찾지도 말고, 만나지도 말고, 오늘부로 끝이라고. 위로금, 양육비는 당연히 없었다. 고리 동전 하나 없이 데려왔다(빚만 있는 늪에서 뭘 바라나). 부모 한쪽이 없다고 버릴 수 없으니, 자신이 키우기로 결심한다.

눈치챘겠지만, 섭섭이는 나다. K 장녀는 팔순의 엄마. 가끔 방송에서 해외 입양을 간 친부모를 찾고 싶다는 이야기가 나올 때면 나라면 어떨까를 떠올리곤 했다. 엄마가 나를 데려오지 않았더라면? 분명히 빚과 가난에 사촌들이 넘쳐나는 집안에서 키울 사람이 없어 결국 입양을 보냈을 것이다. 그렇다면 나는 지금과는 전혀 다른 인생을 살았겠지.

"또 알아? 백만장자 양부모 만나, 엄청나게 공부 잘해서 국제변호사로 잘나갔을지. 아마 그랬으면 난 절대 친부모 안 찾아. 미쳤어? 날 버린 부모를 찾게."

이런 말을 하며 엄마 표정을 읽곤 한다. 싱글맘으로 살아온 엄마와 단 한 번도 독립을 감행하지 않고 살아온 나의 감정은 애정이나 사랑이라는 낯간지러운 말보다는 '의리'에 가깝다. 엄마가 나를 데려올 때의 심정을 다 헤아릴 수는 없다. 다만 선택이 만드는 파란만장 인생을 먼저 겪었을 선배로서 엄마를 바라보면 나의 앞을 조금이나마 잘 헤쳐 나갈 수 있는 용기를 얻곤 했다.

그날 섭섭이는 어떻게 되었냐면 K 장녀의 아버지가 마중 나와 있던 버스 정류장에서 외할아버지의 품에 안기게 된다.

"잘 왔다. 잘 왔어. 어서 집에 가자."

그때 돌이 지난 섭섭이는 비행기를 타지 않고 버스를 타고 따뜻한 외가로 돌아왔다. 엄마와 외가 사람들의 보살핌 속에서 목이 간당간당하던 아이는 한 달 사이에 포동포동 살이 오르며 우량아가 된다.

"그때 그 집구석에 널 두고 왔던 건 한 달 동안 그 집 사람들 고생 좀 시키려고 그랬지. 내내 두려고 한 건 아니었어. 처음부터 데려오려고 했었어." 엄마는 그때 이야기를 꺼내면 늘 미안한지 말을 덧붙인다. 선택을 위한 고민을 한 달 동안 했었다 해도 서운하지 않다. 그리고 다른 선택을 해서 내 인생이 달라졌다고 해도 원망하지 않았을 거다.

나의 1살은 이렇게 시작되었다. 사연 없는 사람이 없지만, (이런 것은 사연도 아니지만) 에세이는 시시콜콜함이 기본값이니 고려해주시길 바란다. 그리고 시시콜콜함과 시니컬 사이를 왔다 갔다 해도 세상 바쁜 척 살다가 오십에서야 느긋한 시간을 어깨동무하며 깨닫게 된 이러 저러한 이야기를 가벼운 마음으로 즐겨주시길.

2 건강 언제까지 이팔청춘일까?

3 마음 뜻대로 안 되는 게 있어

1

(시
작)　온전히
　　　내가 되기 위한
　　　시간

인생을 한 권의 책이라고 하면 오십 언저리엔
챕터를 구분하는 크고 두꺼운 색지를 넣고 싶었다.
인생의 책을 다시 쓸 순 없으니,
지난 것들을 고정하고, 다시 시작할 엄두가 나도록
천천히 쉬고, 오랫동안 숨을 고르고 싶었다.
때마침 그렇게 되어 버리고 말았지만.

내가
늙어가는 중임을
깨달았던
여름

늙다

글자에서부터 이미 힘들다. '느'는 느긋하게 보이지만, 느러터진 느낌도 감출 수 없다. 거기에 'ㄹㄱ'이 받치고 있다. 얼마나 힘들면 받침이 하나도 아니고, 둘이나 될까. 우리 한글이 원래 상형문자였나 싶게 노인을 잘 표현해 버렸다. 너무나 찰떡같이 들어맞는 한글의 위대함 덕분에 '늙다'라는 단어도 글자도 안 쓰고 싶어진다. 그래서 보통은 '늙다'를 다르게 표현하려 애쓴다. 노화, 안티에이징, 나이 드는, 나이 먹고(먹방 시대라 나이까지 먹으려고), 이러나저러나 결국은 '늙다'로 귀결된다. 늙다의 진정한 뜻을 헤아려 보기 위해 잠시 사전을 찾아보고 오겠다.

늙다는 동사다. 행동하는 단어구나! 반대의 젊다는 형용사다.

1. 사람이나 동물, 식물 따위가 나이를 많이 먹다. 사람의 경우에는 흔히 중년이 지난 상태가 됨을 이른다. (난 아직 늙은 건 아니네. 다행인가?)

2. 한창때를 지나 쇠퇴하다. (그래, 이거네.)

3. 식물 따위가 지나치게 익은 상태가 되다. (늙은 호박에 주는 뜻)

4. 제 나이보다 더 들어 보이다. (노안, 동안, 이런 뜻은 혐오, 차별 발언이 될 수 있으니 조심하자.)

5. 어떤 신분이나 자격에 맞는 시기가 지나다.

2번의 의미를 저장해두자. 내가 해온 일은 속으로는 '세상 사람들, 여기 비싸고 엄청 좋은 제품이 있습니다. 대출을 받아서라도 지금 당장 사주세요'였지만 겉으로는 "한강, 낯선 풍경으로 보다. 처음 만나는 익스클루시브 라이프(도대체 뭔 소리야?)." 다시 봐도 낯 뜨거운 뜬구름 잡는 카피로 욕망을 부추기는 일을 했었다. 실제로 욕망보다는 돈이 많은 이들이 대상이었음을, 그리고 그들은 부추긴다고 그깟 카피 한 줄에 넘어올 사람들이 아니었다. 그래도 욕망의 최전선에서 싸웠으니, 나의 욕망도 꿈도 가본 적도 없는 곳까지 부풀곤 했다. 24살부터 시작된 사회생활로 당연히 서른쯤에는 한강이 내려다보이는 오피스텔에서 투스카니(그 당시 첫 스포츠카)로 출퇴근하는 커리어우먼을 꿈꾸었다. 고리 동전 하나 물려받지 못한 소녀 가장이 퍽퍽한 세상을 얕잡아 봤었다.

꿈은 꾸어야 맛이고, 안 이루어져야 제맛이겠지! 첫 번째 꿈은 IMF 사태와 맞물려 부도가 났는데, 사실 부도날 만큼 가진 것도 이룬 것도 없었다. 서른 이후로 난 목표, 꿈, 이런 걸 아예 설정하지 않았다. 내 앞에 바위 같은 프로젝트가 떨어지면 삽질해서라도 치우고, 술 마시고, 어디로 가야 할지 모르는 프로젝트가 생기면 그냥 먹살을 잡고 끌고 가서 내려놓고는 술 마시고. 다시 일어나 일하러 나가고, 잠들지 않고, 바쁨을 가장한 채 몸과 마음을 일에 갈아 넣었다. 한창때에는 누구나 그러는 것처럼. 모두가 그렇게 해야 하는 줄 알았으니까.

도서관에 잠시 들렀다가 서가에서 만난 책. 만나지 말 걸 그랬다. 이자벨 드 쿠르티브롱 교수가 쓴 《내가 늙어버린 여름》을 손에 쥐고 집으로 와 읽기 시작했다. 작가의 집필 당시 나이는 일흔을 넘긴 상태였으니 나와는 당연히 차이가 났다. 일정 부분은 공감하고 말겠지 싶었는데, 아닌 척했지만 늙어가는 건 어느 순간이나 일어나고 있으니 일흔이나 오십이나 노화에 대한 체감은 엇비슷한 농도였다. 그래서 좌절했다. 너무 아닌 척했구나, 싶었다. 육신이 아직은 쓸 만하다고, 한창때는 아니지만 중년으로 접어든 건 아니라고!

신기술에 취약해지지 않으려 동동거리고 있었고, MZ세대의 신조어를 눈으로 슬쩍슬쩍 익혔고, 안 보려고 애쓰던 유튜브까지 보기 시작했다. 그 와중에도 스마트폰 볼 때 초점이 맞지 않아 안경을 내리고 손으로 거리 조절을 하며 보았고, 깜박거리는 기억력을 부여잡으려 핸드폰에 일정을 적고, 거울을 볼 때는 주름이 눈에 띄지 않는 얼굴에 안도했었다.

그러나 한창때가 지났다. 분명히 가스 밸브를 잠갔는데 신발을 신었다가도 다시 돌아오고, 고유명사를 까먹고는 "이거, 왜 그거 있잖아!"처럼 대명사로 대화하고, 상처가 나면 잘 낫지 않아 마데카솔을 듬뿍 바르곤 한다(조금 바르면 새살이 솔솔 안 나올 거 같아). 이런 약간의 변화를 느끼게 된 것조차 슬프다고 하면 슬픔이란 말이 가볍게 느껴지니 "그냥 좀 별로야"라고 말한다.

오십 부근에 이르기까지 오십 이후의 나를 그려본 적이 없었다. 중고등학생 때는 염세주의여서 마흔이면 천재들이 일찍 죽는다니 나도 그럴 수 있겠다 싶어 마흔 살 이후를 상상하지 않았다(그때도 중2병은 있었다). 서른 이후, 마흔 너머의 시간은 욕망의 전사로 살았으니 더욱더 고민할 틈이 없었다. 그러다 욕망의 전선에서 물러나 일이 빠진 나로 돌아오니 미미한 변화들이 점점 다가오기 시작했다. 밖으로만 쏘다니던 나는 집에 머물기 시작했다. 집

안에는 여리고 나이 들어 아픈 구석이 많은 팔순의 엄마가 오도카니 앉거나 누워 있기를 반복했다. 그 모습을 보고 있으니 당연히 생각이 많아질 수밖에. 그리고 《내가 늙어버린 여름》 책장을 덮었더니 미지의 그곳에서 작고 단단한 할머니가 생겨났다. 그렇게 오십 이후의 삶을 바라보며 애매모호한 형상에 조금씩 윤곽이 생긴다. 한창때가 지나 늙어가는 나와 마주할 작은 용기가 종유석이 자라나듯 천천히 올라오기 시작한다.

나의
시간

　화장대 서랍 속에 죽어 있는 시계들이 있다. 여행을 떠날 때마다 셀프 기념품으로 시계를 샀었다. 여행의 목적지인 도시에 도착해 시간을 맞추면서 진짜 여행이 시작된다는 일종의 부적 같은 거였다. 여행의 시계. 그렇게 만든 전리품들이다. 바르셀로나 해변의 다정한 햇살이나 오타루에서 흩날리던 눈발, 지하철역 계단을 다 오르기도 전에 나를 반기던 빅벤, 영화 세트장 같던 브로드웨이의 뉴욕처럼 확실하고도 뚜렷한 풍경을 시계에 담을 수 있다고 믿었다.

손목시계는 1904년에 선보인 까르띠에 시계가 최초라고 한다. 현재 까르띠에라는 브랜드는 내 평생 살 수 없으니, 정보만 기억해본다. 최초라고 하는 기준이 다양해서 반론을 제기할 수도 있으나 기네스북이나 역사적인 것은 차치하고 대중적으로 손목시계를 만든 브랜드는 이러니저러니 해도 까르띠에다(그러면 좀 가격도 대중적이어야 하는 거 아닌가?). 이전까지는 파일럿들이 비행기를 몰면서 시간을 보기 쉽지 않았다. 회중시계를 어느 세월에 꺼내보겠는가. 그거 꺼내보다가 추락할 수도…. 빠르게 시간을 보고 싶은 파일럿의 욕구가 손목시계 개발로 이어진다. 인간의 필요는 새로운 걸 발명으로 끌어내지만, 정작 새로운 발명품들은 인간을 다시 힘들게 하고, 구속하게 된다. 손목시계처럼.

지각을 유난히 싫어하는 아이였고, 시간표대로 사는 걸 좋아하는 계획형 인간인 나는 솔직히 말하자면, 당신의 예상대로 그렇다. 시간 강박증이 있다. 그래서 손목시계가 없으면 불안하고 허전했다. 외국을 다녀온 친척이 주는 전자시계가 가장 기억에 남는 선물이었으니 시계가 애착 물건 이긴 분명하다. 어른이 되어서도 왼쪽 손목에 없으면 허전한 유일한 액세서리, 하나둘씩 모았던 시계에 의미를 부여하며 나의 시간은 시계 속에서 자라났다. 특히 여행 시계의 의미는 여행에서 돌아와서 그 진가를 발휘한다. 진짜 하기 싫은 출근을 해야 할 때 마약처럼 서랍에서 꺼낸 시계를 차고

지하철을 타면 몽골 고비사막의 낙타 위나 튀르키에 로즈밸리의 노을 맛집으로 나를 데려다주곤 했다. 상상만으로 힘이 나서 지옥철 안의 출근 시간 동안 잠시나마 숨을 쉴 수 있었다.

여행 시계를 차고 출근을 해도 결국 일상의 시간이 흐르니까 어쩔 수 없이 내 시간을 확보하기 위해 시간을 더 디테일하게 나누었다. 예를 들면 이런 식이다. 출근하는 지하철에서 갈아타기 전까지 38분 되는 시간에 미국 드라마 한 편이나 〈고독한 미식가〉 두 편을 보고 환승을 한 후에 3호선 안에서 15분 동안은 짧은 단편소설을 읽는다. 하차한 후에는 바로 팟캐스트나 최신 유행하는 멜론 100곡을 귀에 꽂으며 사이렌 오더로 커피를 주문. 스타벅스에 들어가 아이디어 채집을 위해 잡지를 미친 듯이 본다. 이렇게 정보를 덜 깬 뇌에 강제적으로 주입하고는 시간 압축을 하면 한두 시간에 꽤 많은 일을 했다고 그것도 나를 위해 썼다고 애써 침착하게 뿌듯해했다. 그건 나를 위한 시간이 절대 아니었는데.

세상 사람들이 보는 걸 나 또한 놓칠 수 없으니 알림 설정을 해놓은 OTT에 올라오는 드라마를 잠을 줄여가며 1.2배속으로 보고, 영화관 갈 시간은 없어서 영화를 10분 단위로 끊어서 보는 지경에 이르러서야 깨달았다. 과연 나의 시간이 있기는 한 걸까? 시간을 아끼고 아껴도 시간이 부족했다. 시간은 아끼는 게 아니었는데 그때는 몰랐다.

회사를 나와 자유의 몸이 된 시간 졸부는 시간을 관대하게 쓰기 시작한다. 잠이 많은 편이니 8시간을 꼬박 채워서 자고, 산책은 달팽이만큼이나 느린 속도로 두 시간 풍족하게 쓰고, 드라마도 남들이 보는 게 아니라 내가 좋아하는 걸 보고, 보다가 재미없으면 말고, 핸드드립으로 커피를 내려 모닝커피도 천천히 마신다. '내 시간인데 뭐 어때'라는 생각. 아침 밥상을 차리는 데도 한 시간을 넘게 배정한다(그건 좀처럼 음식 만드는 게 손에 붙지 않아서였지만 천천히 하다 보니 정성으로 치환되기도 한다). 누군가 월급을 주며 사갔던 나의 시간이 돈을 받지 않으니 온전히 내 것이 되었다. 출퇴근으로 3분의 1을 지하철에서 날리는 시간이 아까워 뭐라도 더해보려고 안달복달하던 게 전생 이야기 같다. 이제는 산책과 명상, 운동 같은 보기만 해도 건강함이 느껴지는 단어들로 하루가 채워진다. 급할 필요 전혀 없다. 내가 가진 시간이 줄어들까 봐 조바심을 내지 않게 되었다. 그렇게 시간을 다르게 생각하기 시작했다.

1년 12개월 365일 24시간 60분 60초. 결국 시간이란 인간이 오래전에 규칙을 세우고 약속을 정해서 여기까지 온 것이다. 지구의 1회 공전주기에 따라 시간의 규칙이 정해진 걸 난 가끔 내 맘대로 생각한다. 지구가 태양 주변을 도는데 공전을 2회 하는 걸 1년으로 정했다면 지금 내 나이는 25살이고, 반대로 공전주기 절반을 1년으로 정했다면 어머나 이미 100살이다. '25살이라기엔 이마에

주름이 많네! 100살이라기엔 젊은 건가?' 이렇게 쓸모는 딱히 없지만 웃긴 상상을 한다.

어차피 시간이란 자연의 흐름일 뿐이다. 숫자로 정해진 시간의 굴레 속에서 마음만 살짝 달리 먹으면 평온이 찾아온다. 20, 30대에는 시간이 없다. 빨리 돈을 모아서 집을 사야 한다. 40대에는 아이들이 클 때까지 빠짝 벌어야 한다. 디데이를 설정하고 목표로 삼았다면 어쩔 수 없다. 달려나가라. 본인이 정했다는데 내가 뭐라고 막겠는가? 다만, 어지간해서는 정하지 않아도 괜찮다. 되는대로 살다 보니, 언젠가 이루고 싶은 게 확실하다 싶으면 이루어진다. 시간의 힘이라고, 시간은 금이라고도 하지만, 결과는 모두 시간이 만들어 주는 게 아니라 인간이 만든다. 닥터 스트레인저는 아니지만 오십이 되어서 시간을 다룰 줄 알게 되었다. 남에게 맡겨놓은 시간이 아니라 내 시간이니까. 바짝 당겨서 써야 할 때와 조금 느긋해도 좋은 때를 안다.

라일락과 개나리와 벚꽃이 동시에 폈다가 져버리는 기후 위기의 지구 위에서 매일 생존 위기를 겪는 우리는 자연의 흐름을 따르며 유영한다. 언제 멸망할지 죽을지 모를 위태로움이 가득한 시간 위에서 여전히 살아내고 있다. 그래서 근사하다. 언제, 어디가 데드라인인지 모르는 우리 인간의 시간. 각자의 시간을 어떻게 보낼지는 각자의 몫이지만, 그 시간에 속박당하지 않기만을 빈다.

여행의 시계는 계속 차는지
궁금한 분들을 위한 TMI 하나!

이젠 여행의 시계 대신에 내 손목엔 스마트워치가
있다. 그걸로 일상을 가두고 있다. 가두리 양식장이
냐? 어디가 느린 삶인 거지? 이제 시간을 지배한다
더니 여전히 지배당하고 있는 거 아닌가 싶은 의심
은 거두어주시길. 워치는 워치일 뿐.

독신
살림력

오십 년을 둘만 살았다. 십 년을 주기로 심하게 싸운 후에는 더는 견디지 못하겠다고 방을 구해 나가려 했지만, 그럴 때마다 혼자 있을 엄마를 생각하니 개운하지 않아서 '결혼하면 어차피 나갈 거니까 그때까지 참고 살자' 했던 게 지금까지다. 산다는 건 그냥 살아가는 거라서 다짐이란 다짐으로 그치고 운명 같은 건 딱히 없는지도 모르겠다.

우리 둘의 생활은 역할이 명확하게 나뉘어 있었고, 내가 엄마를 모시고 사는 것도 아니었다. 둘이 사는 건 상호보완이 필요하다. 난 집에서는 딱히 뭘 하지도 않고 휴일에는 누워 있거나 TV를 보는, 그냥 입 무거운 하숙생처럼 살았다. 지극히 당연하게 엄마 소유의 집에 얹혀살았지만, 그에 응당한 생활비를 냈고, 살림은 전적으로 엄마가, 나는 밖의 일을 하는 사람으로 역할이 철저하게 나뉘어 있었다. 굉장히 안정적인 시스템으로, 둘 다 불만이 없었다. 살림에 나는 젬병이었고, 엄마는 밖의 일을 하기에 건강하지 않았다.

변화란 계획하지 않아도 뜻밖에 찾아오는 법이다. 그리고 어떤 변화는 준비할 틈도 없이 불청객처럼 불쑥 와서 곤란하게 만들기도 한다. 건강이 계속 내림세였던 엄마는 심장도 좋지 않고, 콩팥도 좋지 않아 1년에 한 번꼴로 입·퇴원을 반복했고, 만성신부전 말기 환자가 되었지만, 투석은 받기 싫다고 미루고 미뤘다. 그러다 세게 온갖 요독 증세를 겪은 후, 투석할 수 있는 혈관을 만드는 동정맥루 수술을 받았다. 미리 받았으면 덜 고생했을 텐데, 엄마는 투석을 받지 않고 생으로 죽겠다고 떼를 썼고 의사 선생님의 설득과 나의 협박으로 가까스로 동정맥루 수술을 받은 후, 일주일에 3번 투석을 받으러 병원에 다니는 투석 환자가 되었다. 그리고 나는 집안일을 전담하게 되었다. 할 사람이 없으니까.

"도대체 요즘 뭐해요?"
"이것저것."

오랜만에 만나는 사람과의 대화에는 가끔 '마'가 뜨곤 한다.

나의 상황을 몰라서 묻는 건 아니겠지만 딱히 어떤 부분을 궁금해 하는지 파악이 안 되어서 "돋보기 끼고 인형 눈깔 꿰고 있어. 한 마리에 2원인데, 너도 같이 할래? 바느질 잘해야 하는데"라고 자조 섞인 드립을 쳐야 하나, 또는 "사람들한테 어떻게 사기 칠지 계획 세워. 왜 포항 앞바다에서 좌초되었다는 보물선 있잖아. 그 보물 아직도 있을까?" 같은 말을 시니컬하고도 위트 있게 던지고 싶은데 막상 닥치면 그런 재치는 갯벌 바닥으로 낙지 숨듯 숨는다. 그러고는 선거벽보 맨 끄트머리에 있는 포스터 속 무소속 후보의 표정이 된다. 갑자기 본진을 잃어버려 진짜 나는 뭐 하는 사람일까 되물어도 답은 없어 계속 되묻는 기분. 무소속의 자유와 애매함을 동시에 느낀다. 굳이 내가 뭘 하고 있는지 알려줘야 하나 싶어서 '이것저것'이라는 말을 만들었다. 물론 보통은 딱히 궁금해서 묻는 건 아닌 거 같다만.

이것저것의 대부분은 팔순 노모의 병원 동행을 하는 주 3회 돌봄 생활이고, 주 4회는 살림 생활이다. 살림은 집을 꾸려 나가는 일이라고 국어사전에서 정의하고 있지만, 그게 어디부터 어디까지 꾸려야 한다고 명시되어 있지 않다. 광범위한 살림을 해내려면 어떡해야 하나. 계획형 인간인 나는 아무도 알려주지 않는 살림 생활이 무서웠지만 무섭지 않은 척했다. 나이 먹어 잠자고 있던 도전 의식을 흔들어 깨워야 하는데 그것도 벌떡 일어나지 않았다. 건강했던 엄마가 집안일을 하고 있을 때, 이런 날이 오리라 예견하지 못하고 방정을 떨었다.

"내가 또 하면, 야무지게 하지. 요리 못 하는 사람들 이해가 안 가. 내 꿈이 현모양처였어. 걱정 붙들어 매. 청소나 정리, 빨래. 이런 것도 엄마보다 잘할 테니까 걱정하지 마. 그리고 혼자 사는 게 무슨 걱정이야! 돈이면 다 해결됩니다."

그랬던 내 입을 꿰매 버리고 싶었다. 난 할 줄 아는 게 이토록 없을까 싶어 한심했다. 엄마에게 기생해서 산 기생충인가. 엄마가 식사 준비를 하면 밑반찬이나 덜어놓고, 김치 담글 때 고춧가루나 더 넣고, 청소할 때 걸레를 빨아주거나, 빨래를 개거나 옷걸이를 정리했다. 옆에서 거들기나 했지 내가 전적으로 한 적이 있던가. 아니, 전적으로 했던 건 거의 없었다. 도전 의식도 도움닫기도 할 수 없어 도망치고만 싶었다. 누구라도 한 명만 더 있어도 난 벌써 도망쳤을 거다. 어쩔 수 없이 해야만 했던 살림 생활 초기에는 회장님을 모시는 집사로 롤을 잡으며 역할극 놀이를 했다. 이렇게라도 재미를 붙여야 했다. 그러나 세상 까칠한 회장님을 경력 없는 초짜 집사가 모시는 일은 역할극 놀이라고 해도 어려웠다.

엄마   밥이 똘똘해.

31

나	똘똘해? 하버드라도 보낼까? 똘똘한 게 도대체 뭘까요?
엄마	쌀이 똘똘하다고.
나	똘똘하면 좋은 거 아닌가요?

밥이란 자고로 그냥 밥이 아닌가. 다른 반찬과 어우러지는 존재감이 그다지 필요 없는 도드라지지 않는 순수한 결정체로 허기를 채워주는 수단인데, 똘똘함을 찾으니 아득해진다. 나는 내가 똘똘하지 않은 것에 고민은 해봤어도 쌀알의 똘똘함에 대해 깊은 고민을 해본 적이 없는데 어디서 원인을 찾아야 하나. 엄마의 밥 평가는 끼니때마다 이어졌다. 엄마의 말은 이런 뜻이 숨어있었다.

'쌀이 딱딱해서 밥이 고슬고슬하다 못해 까끌까끌하다. 즉 나는 진밥을 좋아하는데 넌 왜 밥물을 못 맞췄냐. 쌀을 오래 불려라. 밥은 밥이지만 20퍼센트는 죽같이 진밥을 만들어라!'

이러한 속뜻을 파악하기까지 오래 걸렸다. 오죽하면 일본 여행을 갔을 때 먹었던 밥맛이 최고였다고, 마쓰야마 C 호텔의 저녁밥을 너는 왜 안 먹었냐고. 그 밥이 최고였다며 끼니때마다 이야기하고, 나는 또 그 밥맛을 찾기 위해 (도전정신에서 이제 장인정신에 이른다) 각고의 노력을 한다. 그리고 마침내 그 호텔의 밥과 흡사하다는 칭찬을 받으며 쉐프의 경지에 오르게 된다. 눈물 좀 닦자.

해주는 밥만 먹다가 덜컥 당신이 돌아가서 내가 혼자가 되면 컵라면만 끓여 먹는 독거인이 될까 봐 엄마는 걱정이 많았다. "나중에 혼자 살면 굶어 죽을까 걱정이야? 요즘엔 돈으로 다 해결돼. 밀키트 잘 나오고, 먹고 싶은 거 돈만 있음 다 사 먹어!" 이런 말을 수없이 했다. 그러나 그건 핑계였다. 음식을 만들 수 있는데 사 먹는 것과 아예 못하는 것은 다른 차원의 문제다. 할 수 있다는 것. 음식을 잘못해도 상관없다. 내가 한 게 맛없으면 프로가 만드는 음식을 사 먹으면 된다. 다만 할 줄 모르는 것은 아예 그 영역을 모른다는 것이고, 영역을 모르면 안다고 할 수 없다. 나는 음식을 먹을 줄만 알지 음식 자체를 몰랐던 거다. 마침내 혼자서 전적으로 살림과 요리를 하면서 전혀 하지 못했던 것들이 손에 익어 아주 눈곱만치 나아지고 있었다. 몰랐던 걸 알아가는 그 모호한 지점의 그 기분이 좋아졌다.

날것의 재료가 물과 온도의 변화로 달라지며 맛이 생기는 순간들을 캐치한다. 수치로 확인되는 실력 향상이 아니라 나만 느끼고 알아채는 사소한 성장. 시간이 흐르면 결국 언젠가는 서툰 칼질 실력도 조금 더 나아지는 날이 오고야 만다는 것. 그렇게 깨알만큼씩 좋아져서 빠르고 유연하게 식사를 차릴 수 있을 때가 찾아온다.

쌀을 씻고 불린 후에 물을 적당히 넣어 압력솥에 밥을 지으면 그사이 물에 국물용 멸치와 다시마를 넣어 육수를 내고는 시래기를 넣고 된장을 풀어 끓인다. 달걀을 잘 풀어 소금보다는 입맛에 맞는 곰삭은 새우젓을 넣고 계란찜을 만든다. 잘 익은 김치를 꺼내 썰어서 담고, 석쇠에 곱창 김을 올려 굽고 간장에 들기름을 살짝 넣어 간소한 아침상을 차린다. 방금 만들어 따뜻하고 조미료와 인스턴트를 배제한 건강한 밥상을 내 손으로 만든다. 지극히 평범하고 늘 먹어왔던 끼니를 누군가를 위해 내놓는 기쁨을 이제 알게 되었다.

요리, 청소, 빨래 같은 일상에 꼭 필요한 행동은 더 나은 상태로 나아가기 위한 귀한 것이다. 배고플 때 배부른 상태로 만들어주고, 눈 감고 싶을 정도로 더러웠는데 깨끗해지는 상태로 만든다, 땀내가 나는 옷가지가 뽀송해지고 보드라워지는 것도 가만히 있으면 저절로 되지 않는다. 사람이 해야 할 가장 기본적인 일들이다. 집안일을 짜증을 내거나 지루해하지 않고, 조금씩 내가 하는 '나아지는 일'에 집중한다. '나아지는 일'은 결국 '나아가는 일'이 되었다. 시간이 흐르고 보니, 아무것도 못 해서 자괴감에 이불킥하던 내가 그럴싸한 식사를 준비할 수 있게 되었고, 매일 반질반질한 거실 바닥에 비치는 아침 햇살에 한껏 기분이 몽글몽글해진다.

혼자 살았다면 혹은 주부, 엄마로 살고 있다면 지겨워했을지도 모를 음식 준비에 재미를 붙이면서도 한편으론 경외심이 들었다. 어떻게 혼자서 다들 자신을 잘 먹이고, 돌보며 사는 걸까? 어떻게 몇십 년을 한결같이 해내는 걸까? 음식 준비가 손에는 붙었으나 큰일은 역시 혼자 해내지 못한다. 김치 담그기나 만두 만들기는 엄마가 투석을 받지 않는 날 협동작전을 펼치는데, 매번 할 때마다 그냥 사 먹자고 꼬드긴다. 그리고 한편으로는 함께 만드는 이 시간이 오래 이어지길 바라기도 한다. 엄마의 비결을 전수하여 혼자 살게 되더라도 만두나 김치는 만들고 싶다. 만두 속을 만들고 친구들과 모여서 피를 밀고 만두를 빚어 국을 끓여 먹거나 만두전골을 만들어 같이 먹는 날을 상상해본다. 진짜 언젠가 독신으로 살아야 할 날을 위해 살림력은 매일 갱신 중이다.

잠재적
1인
가구

가끔 이런 생각을 합니다.

우리는 현재 2인 가구인데

결국 언젠가 나는 1인 가구가 되겠구나라고

엄마는 화요일, 목요일, 토요일 낮 12시 30분부터

오후 4시 30분까지 혈액투석을 받고 있어요.

이건 현재의 팩트입니다.

저는 오전 11시 30분에

엄마와 함께 병원으로 떠납니다.

산책하듯이 나무도 보고, 하늘도 보고,

땅콩을 파는 트럭 아저씨도 보고
달리는 자전거도 피하며 걸어가서
침대에 엄마를 눕혀드리고 투석 받는 동안 지루하지 않게
텔레비전을 잘 볼 수 있도록 침대 각도도 조절하고
리모컨도 손에 쥐어 드리고, 파이팅도 외쳐드립니다.

집으로 돌아와
점심을 차려 먹고 대략 3시간 정도를 혼자 있어요.
보통은 이 시간에 방과 주방, 거실을 돌아다니며
청소기를 돌리고, 저녁 준비를 합니다.
가끔은 과자나 빵을 굽기도 하고요.
아! 점심을 먹으며 짧은 드라마 한 편을 감상해요.
커피는 무조건 마시고,
주방 TV 라디오에 맞춰놓은 93.1MHz의 FM 채널로
클래식 음악을 들어요.

그러다 문득, 이런 상상을 합니다.
혼자 살게 되면 이런 삶이겠구나.
아마도 이 세상에 혼자 남게 되면
많이 슬퍼하지 않고,
이 3~4시간의 삶을 계속하면 좋을 거 같다고.

다만 2인분의 된장찌개가 아니라

1인분의 찌개를 끓이고

오후 4시 15분에 병원으로 달려가

엄마와 되돌아오는 시간은 사라지겠지만….

감각과
태도와
속도

감각을 다시 감각하다 ———

스케일링을 받고 나오며 결심하는 것. 양치질을 좀 더 꼼꼼하게 해봐야지. 난생처음 양치질을 하는 사람처럼. 치실이며 구강청정제, 초극세사 모가 달렸다는 칫솔도 주문한다. 도구의 힘을 믿는 장비형 인간이 바로 나니까.

간호사 선생님은 칫솔을 들고 어린이에게 설명하듯이 차근차근 잇몸부터 쓸어 올리며 이를 닦는 방법을 알려주셨고, 집에 오자마자 잇몸부터 살살 위로, 빗자루로 쓸듯이 잇몸과 이를 닦아내고 또 조금 옆으로 옮겨서 다시 옆으로 안쪽도 같은 방식으로 치열이 고르지 않은 내 치아의 구석구석을 닦았다. 꼼꼼하게 하다 보니 3분으로는 턱도 없었다. 시간 부자는 양치 시간을 흠뻑 할애하기로 한다. 그러고는 양치질에 집중하기로 한다, 양치질의 집중이라니. 집중이 좀 아깝지만, 그래도 해보기로 한다.

나의 이빨은 나의 잇몸에 자리하고 있다(내 이빨이 남의 잇몸에 있다면 이건 소설 감인데!). 잇몸부터 쓸어 올려서 이를 닦고, 이와 이 사이에 칫솔모가 들어가 이 사이를 닦는다. 갑자기 집중하니까 쓸모없이 느껴졌던 과정이 새롭게 다가온다. 지금껏 세밀한 감각을 느끼지 않고 습관적으로 양치질을 했었나 보다. '당연한 거 아니야?'라고 할 수 있겠지만, 요즘의 나는 감각을 다시 감각한다. 예전의 양치질에는 내 이빨 생각이 아니라 '오늘은 회의가 두 건이나 있고, 점심은 김밥으로 먹고, 커피는 마셔야 하고, 그 방향은 정리가 어려울 거 같은데, 아니 내가 가입한 펀드는 왜 매일 마이너스야?' 같은 생각으로 폭풍 칫솔질을 대강했다. 아침에는 무엇이든 빨리하고, 출근해야 하니까. 점심 후에는 빨리하고 회의해야 하니까.

양치하면서 순간 느끼는 감각에 집중한다. 관성으로 해버리는 행동이 아니라 집중하면서 느끼는 걸 발견한다. 칫솔모가 닿는 잇몸 사이를 느끼고 더 꼼꼼히 혹은 더 천천히 칫솔질한다. 딴생각하며 마구잡이로 하던 방식에서 벗어나, 좀 더 마음을 쓰기로 한다.

별일 아닌 일을 별일인 것처럼 할 수 있는 삶의 방식을 알게 되었다. 진짜 오십이 되어서야 행동에 집중하기가 의외로 매우 어렵다는 걸 알아가는 중이다. 자꾸 딴생각들이 방해하는 건 어쩔 도리가 없으니까.

태도를 다르게 ———

냉장고 앞에 선다. '리니어 모터, 무상 보증 10년' 기계도 10년이면 수명을 다하는구나. 큰 가르침을 냉장고 스티커에서 얻는다. 그러면 인간은? 오십이 되기 전부터 내 몸을 얼마나 오래 쓸 수 있을까에 대해 어렴풋이 기대하고, 가늠했는데, 도저히 답이 나오지 않았다. 알 수가 없다. 오랫동안 쓰면 좋겠는데 그게 맘과 뜻대로 될지는 알 수 없고, 그러니 이제라도 소중하게 대하고 싶었다. 늦은 건 아닐지 하는 우려는 잠시 스톱!

책 《처음 만나는 알렉산더 테크닉》에서는 우리의 머리가 진짜 무겁다고 나온다. 그런 무거운 머리가 목뼈 위에 얹혀서 사방팔방을 걸어 다니고 일하고, 달리고, 피겨 선수들은 점프해서 돌기까지 한다. 머리가 무거운데도 직립보행을 시작한 인간들은 그만큼 피로할 수밖에 없다. 그러니 눕는 게 제일 편하다고 하는 것도 이해가 된다. 인간의 자세가 이미 중력을 거스르고 있으니까.

읽을 때는 이렇게 단순한 걸 뭘 이렇게나 거창하게 풀었나 싶었는데, 읽어본 후에는 나의 몸 태도에 신경을 쓰고 조금씩 바꾸려고 한다. 머리는 그냥 내 머리니까, 척추가 엄청 무거운 머리를 받치고 있다고 느끼지 못한다. 그러나 머리의 무게를 느끼는 것만으로도 자세가 바르게 된다. 일어나거나 앉을 때 천천히 움직이게 된다. 갑자기 일어나 목이 아프거나 결리거나 혹은 무거운 짐을 들 때 자칫 허리를 삐끗하게 되는 게 모두 성급하기 때문이다.

아무리 바빠도 의자에서 일어날 때, 침대에서 일어날 때 몸에게 말한다. '지금 일어날 거야. 준비하자'라고. 김치 통을 들어야 할 때도 몸에게 우선 말한다. '내가 예상보다 조금 무거운 걸 들 거야'라고 조심히 움직여주길 바란다. 그렇게 몸과 대화하다 보면 덜 다치고, 덜 아프게 된다. 사십여 년을 구부정한 자세로 대충 살다가 이제 작은 몸이지만 아끼기로 한다. 바르게 척추를 세우고 걸을 때도 걷기에 집중하며 나의 무거운 머리를 조심히 들고 있는 척추에 무한 감사를.

나의 속도 몰랐던 속도 ———

박정희 대통령 시절에는 새마을운동이 있었다. 새벽종이 울렸네~ 새 아침이 밝았네! 같은 노래를 어디선가 알고 싶지 않아도 알려줬고 그냥 흥얼거리며 따라 불렀다. 새벽이 싫은데, 새벽에 일어나야 하고, 아침에 일어난 새가 벌레를 잡는다고 아침형 인간이어야 성공한다는 유행이 휩쓸던 시대를 억지로 보냈다. 난 그럼 어떤 형 인간인가? 아침에 일어나는 게 편한 스타일이긴 하지만, 이역시 새마을운동의 여파는 아닌가 싶다.

부지런하다는 말을 자주 들었다. 칭찬인가 욕인가 싶지만. '아침에 쓸데없이 일찍 출근하는 게 꼴 보기 싫다'라는 걸 돌려서 "어머 아침잠 없으시죠. 부지런하세요"라고 말한 건 아닐까. 보이는 것으로 판단하기 쉬운 게 '부지런과 게으름'이다. 그 기준은 그렇다면 어떻게 정하는 걸까? 게다가 부지런하다. 게으르다. 같은 것도 매우 개인적인 판단이다.

새벽 5시에 일어난다고 부지런한 건가, 10시에 일어나면 게으른 건가. 사람마다 속도가 다르다고 생각한다. 아침부터 움직여서 자신의 속도를 일정하게 만들고 정오쯤에 피치를 다 올리고는 오후부터 감속하여 저녁때가 되면 제로로 수렴되는 사람이 있는가 하면, 오히려 오후부터 가속이 되는 이도 있다. 아니면 하루 종일 어린이 보호구역의 속도처럼 안전하게 가는 사람도 있다. 삶의 속도를 찾아가고 싶었다. 억지로 부지런을 표방하기도 싫고, 타의에 의해 부지런해지고 싶지도 않다.

일할 때는 채찍을 맞으며 달려 나가는 말처럼 앞만 보고 달렸다. 난 지난 생각은 잘 안 하는 편이기도 하고, 기억을 일부러 지우기도 한다. 그래서 '라떼는'보다는 '지금은 그러지 말아야지'라는 생각을 자주 한다. 내 속도를 남에게 강요할 수도 없고, 타인의 속도를 내게 견줄 필요도 없다.

　　마트에서 오렌지를 하나 고를 때도 침착한 마음으로, 도서관에서 책을 골라 담을 때도 성급하지 않게 평범한 하루라도 아침부터 잠들 때까지 나만의 속도로 살고 싶다. 남들이 먼저 보고 떠들어대는 시류에 휩쓸리지 않고, 사람들이 최고 속도를 내며 저만치 달려 나가도 내가 가진 속도로 하루를 보내고 한 달을 꾸리며 1년을 보내려 한다. 그게 오십에 알게 된 보통의 깨달음이다. 미리 알 수도 알기도 힘든 나만의 삶의 속도. 아마 시속 30킬로미터 정도 되지 않을까? 아니다. 10킬로미터도 안 될걸. 너무 나무늘보 스타일인가?

룩이
달라지다

딩동. 스마트 폰 속 온라인 쇼핑몰의 알림창이 반짝인다. S/S 트렌드, 슈퍼 3DAYS, 뉴스니커즈, 두 브랜드의 아카이브 코드를 현대적으로 재해석한, 지금부터 딱 한 시간, 3일간의 비밀 혜택, 놓치면 후회할 MD의 픽. 세상에는 날 찾는 이 하나도 없으나 쇼핑몰은 반갑게도 내게 톡을 보내와 나의 존재가치를 일깨워 준다.

나는 스르륵 각종 쇼핑몰을 기웃거린다. 딱히 살 게 있어서라 기보다는 좋은 걸 놓치는 게 아닐까, 하는 조바심에 의연하지 못하게 입장한다. 특히 의류는 출·퇴근할 때야 내 몸에 걸칠 만한 것들을 킵했다가 쇼핑했지만, 어디 매일 타인을 만나지 않으니 옷 욕심은 아예 제로에 가깝게 떨어졌다. 그러나 쇼핑몰의 알림을 끌 수 없는 이유는 출·퇴근 차림새에서 벗어나니 다른 옷차림새가 기다리고 있었다. 갖고 있던 옷은 출·퇴근 룩이 대부분이었고, 어쩔 수 없이 1년 동안은 알림창을 기웃거리며 운동복과 기능성 의류들을 쟁였다. 대충 입는다고 해도 역할이 달라서 이렇게 나눌 수 있는데, 이런 이유로 하루에도 대여섯 번은 옷을 갈아입곤 한다. 참 시시콜콜한 이야기지만.

마트 LOOK : 나의 카트와 타인의 카트 사이에 옷자락이 끼면 안 되니까 긴 옷은 불가, 물건을 재빨리 획득하기 위해 윗도리는 무조건 짧고 신축성 있는 옷을 착용, 대충 힙한 느낌을 주기 위하여 후드티 선호함

병원 LOOK : 엄마를 부축해야 하니 긴 옷은 불가. 쪼그리고 일어나고 앉아야 해서 역시 바지는 신축성 필요. 운동복 바지를 입지만 정중함이 모자라 가끔 청바지 착용. 태양 빛을 차단하는 모자와 어깨에 둘러메는 간단한 슬링백

운동 LOOK : 등산하면 등산복, 달리기할 때는 레깅스 위에 팬츠, 모든 기능성 의류를 모아서 입는다. 윈드재킷 필수

외출 LOOK : 지하철로 시내를 나가니, 사람들 사이에서 튀지 않는 옷으로 옷장에서 외출복을 고르지만 입을 만한 게 없음. 유행 지난 옷들 사이에서 유행을 안 타는 데님 셔츠와 청바지로 청청패션 테러리스트 등극

언젠가 엄마 옷장을 열었을 때 너무나 옷이 없어서 옷 좀 사라고 종용하거나 억지로 백화점에 모시고 가서 옷을 사드렸는데 그때마다 "어디 갈 데도 없는데 무슨, 계절에 입을 만한 거 한 벌이면 돼." 그 말이 어이없어서 "사람이 갈 데가 있어야 옷을 사나. 마트에 가고 산책하러 가도 옷을 맞춰 갈아입으면 되지"라고 했는데, 막상 집에 있으니 엄마의 말은 틀리지 않았다.

주부 생활 2년 만에 입는 옷이 몇 가지 안 된다는 걸 깨달았다. 그리고 나는 오십에 들어서야 왜 모든 중년은 엇비슷한 스타일이 되는지 알 것만 같았다. 비슷한 헤어스타일에 어디서 그렇게 서로 의견통일이 된 거 같은 옷을 입는지도 알았다. 중년 옷차림의 프로토타입을 알아버렸다고나 할까. 그리고 왜 '등산복=기능성 의류'을 고집하는지도.

"진짜, 우리나라 사람들 등산복 입는 거 싫어요.
여행 가면 알록달록 등산복 부대. 정말 별로지 않아요?"

입 아픈 이야기다. 나도 알고 너도 알고 우리나라 사람들 모두가 안다. 왜 '등산복'을 입는가? 서울이 히말라야가 아닌데. 머리로는 알면서도 어느새 나도 쇼핑몰 앱 속에서 등산복 코너를 보고 있다. 등산복까지는 아니더라도 '기능성 의류'를 유심히 본다. 통풍이 잘된다. 땀을 잘 흡수한다. 빨리 마른다(흡습·속건이라더군요). 무엇보다 가볍다. 활동성이 월등하다. 이러니 운동의 관심이라고는 관람밖에 안 하던 나조차도 욕심을 안 낼 수가 없다. 딱히 출·퇴근하지 않는 오십의 삶은 일했다가 운동했다가 산책하러 갔다가 또 병원으로 달려갔다가, 가끔 친구를 만나러 가고, 다시 집안일 했다가 쉬는 것의 반복이다.

수륙양용, 일거양득, 꿩 먹고 알 먹기 같은 옷이 필요하다. 패션위크에 초대받아 스포트라이트를 받는 셀럽도 아니고, 등산복 일상 패션이라 셀럽이 되지 못한다고? 그것도 맞는 말이긴 하다만 자꾸 등산복 패션 편에서 변론하게 되네. 끽해야 동네를 산책하고, 앞산을 오른다. 그렇다면 무거운 청바지에 맨투맨을 입고 오른다? 가죽 재킷에 면바지를 입는다? 옷이 무거워서 걷는 거 자체가 힘이 든다. 땀은 어쩔 건가. 두툼한 맨투맨은 땀이 나면 사람과 옷이 싸워야 할 판이고, 블라우스, 아니 셔츠라도 입는다면 등판에 철썩 달라붙거나 겨드랑이에 땀이 (더 상상하기 싫다) 청바지는 당신의 허벅지에 붙어 다리를 놔주지 않는다(내 다리 내놔가 떠오르는 건 어쩔 수 없다).

부모님들의 옷장 속 등산복이나 기능성 의류들이 존재감을 드러내는 건 자식의 쇼핑 대행도 한몫한다. 쇼핑몰 평의 절반은 '엄마에게 사드렸더니 좋아하세요'다. 제발 좋아하지 말자. 좋아하면 자꾸 사준다. 알록달록 등산복이 많아지니 그것과 어울리도록 또 등산바지와 등산셔츠를 사야 한다. 결국은 돌아올 수 없는 등산 패션의 강을 건너는 셈이다. 나 역시 등산바지, 티셔츠, 등산화, 모자 등을 샀으나 아직 등산을 취미로 갖진 않았다. 물론. 동네 둘레길을 걷는 데 잘 이용하고 있다만. 역시 등산복 스타일을 입고 지하철을 타고 시내를 나가기엔 약간 부끄럽다. 시내를 나갈 때는 기능성 의류는 넣어둔다.

올봄, 트렌치코트를 입은 사람을 보지 못했다. 가만히 생각하니, 출퇴근길 풍경을 보지 못해서 내 눈에 띄지 않았을 것이다. 그 대신에 정오 무렵, 초등학교 앞에서 원피스를 입은 엄마들을 본다. 트랙을 산책하는 할머니의 옷도 관찰한다. 모두가 어디에 있고, 어떤 일을 하고, 무엇이 우선인가에 따라 복장이 달라진다. 함부로 옷차림을 평가하지 말아야 한다.

점점 구두를 못 신게 되고, 몸에 꽉 달라붙는 스키니진은 바라만 보고, 그렇게 좋아했던 화이트 셔츠는 옷장 안에 고이 잠을 자고 있다. 봄에는 찰랑이는 블라우스를, 철마다 별일이 없어도 정장을 꺼내 입었지만, 이제는 입지 않는다. 그게 슬프다거나 아쉽다거나 하진 않는다. 마음이 바뀌어서 입으면 되니까. 다만, 유행에 기웃거리지 않는다. 나이에 따라 내 스타일을 만들면 된다. 세월에 따라 필요한 옷이 달라진다. 보여주기 위한 옷이 아니라 내가 편하고 내가 나아지는 걸 산다.

지난겨울, 체크무늬 파자마를 샀다. 지금까지 잠들 때는 목이 늘어난 반소매 티에 파자마 바지를 입고 잤었는데, 새삼스럽게 지난겨울부터 파자마를 입기로 했다. 오가닉 면으로 된 체크무늬 파자마 두 벌의 효과는 굉장했다. 아무렇게나 입어도 잠만 잘 잤는데, 굳이 파자마가 무슨 소용인가 싶었으나, 파자마를 입으니 잠이 더 잘 오기 시작한다. 피곤해서 쓰러져 자는 게 아닌 소중한 나를 위한 잠드는 의식에 꼭 필요한 제복이 바로 잠옷이었다. 남에게 보여주는 옷이 아니라 오직 내가 나를 위해 입는 옷.

가면이
없어서

내가 원래 이렇게 다정한 사람이었어. 엄마와 난 달라요.
성질은 좀 나빠도 내가 인류애가 있어.

　이런 자기애가 넘치는 말을 아무렇지 않게 한다. 자기 객관
화 실천 중 경로 이탈인가 싶다. 사실 사람들 숲에 있지 않고 엄마
와 있는 시간이 많다 보니 자신을 다시 살펴보는 여유가 생겨 '과
연 나는 어떤 인간인가?'를 생각 회로 속에 넣고 돌리고 또 돌려본
다. 차갑고 곁을 내주지 않아 무서워하고 술이라도 들어가지 않으
면 표정이 풀어지지 않고 누구라도 아는 척을 하면 철벽을 치고는

빗장을 걸어 잠그고 마음의 문을 한 뼘만 열어 '누가 왔나?' 경계심을 풀지 않았다. 회사생활 할 때도 내내 돌+I 취급을 받았으며, 십여 년 전에는 분노조절장애로 '신경정신과'에 가봐야 한다는 조언을 듣기도 했지만 무시했다(기분이 상해서 안 갔는데, 그때 갔으면 덜 괴로웠겠지). 다중인격이라며 '다중이'라는 귀엽지만, 디스의 뜻이 담겨 있는 별명도 획득했다(여전히 기분이 나쁘군). 자기들은 다중이 아닌가? 왜 자기들은 한 인격만 갖고 있다고 자부하는지.

직장생활, 사회생활이란 가면 놀이(가면무도회 같은 파티를 비유하고 싶지 않다)와 흡사해서 오로지 하나의 가면을 쓰고 출근해서 시킨 일을, 맡은 업무를 해야 하는데, 아마도 나는 가면 없이 참석해서 나의 민낯을 모조리 까고, 내 안의 멀티 인격을 다 보여줘서 다중이란 별명을 얻었다. 상냥하고 고분고분하며 웃음을 장착하고 화는 어금니로 감내하고 싫은 소리는 삼키는 데 도움이 되는 스마일 가면을 꺼내어 써야 했다. 그들의 가면은 해외 직구였을까? 왜 나는 가면이 없었나 싶지만 그나마 있는 가면이라는 게 무표정 가면이 있었구나!

몇 년 전, 부사수였다가 친구가 된 K는 심령술사가 나올 법한 카페로 나를 이끌었다. 피곤함에 절어 소파에 몸을 구겨 넣은 나한테 K는 심리테스트를 시작했다. 주술에라도 걸린 것처럼 몸이 노곤해지면서 술술 답을 했다. 어떤 설명은 그 당시 심리와 맞아서 놀랐고, 다른 풀이는 신빙성이 떨어져 놀랐다. 그러나 그 시간이 선물처럼 따뜻하고 좋았는지 머릿속에 각인이 되고 적절한 왜곡으로 내게 유리하게 남아 있다.

K   도착했어요. 거기에 건물이 있어요. 어떤 모습인가요?

나   엄청나게 커. 막 성이, 웅장하고 어마어마해. 근데 막 어두컴컴해. 그로테스크하고. 왜 성을 둘러싸고 있는 물길도 있고, 건너가려면 다리가 내려와야 하고 진입이 너무 힘들어. 영화에서나 나오는 막 그런 성.

K   그럼 문에 섰어요. 그 성문을 열었더니 그 안이 어때요?

나   밖과 전혀 달라. 사람들이 많고, 대형 샹들리에가 있고, 화려하고 엄청나게 밝고, 파티하는 중인지. 웃음소리도 가득하고 클래식 음악이 흐르고.

K   언니는 그런 사람이에요. 겉에서 보기에는 어두워도 안이 밝고 따뜻한 사람.

그 말을 기억한다. 오랫동안 그리고 앞으로도 그 말을 기억해서 가면이 없어도 살아갈 힘을 얻었던 때, 그 순간을 기억해 내 안에 밝음을 찾아간다. 실은 그 심리테스트가 그 어떤 사주풀이보다 강력한 한 방을 남겼다. '참아라! 좋지 않다! 네가 문제다.' 같은 정

곡을 찌르는 사주풀이가 아닌 따뜻한 말 한마디의 힘. 힘이 들 때
나, 이유 없는 우울의 늪에 빠질 때마다 나는 그 순간을 떠올린다.
그리고 진정한 나를 찾아가는 여정은 여전히 진행 중이다. 여전히
나에게 틈만 나면 묻는다.

너는 웃긴 사람이니? 시니컬한 편이니?
상처를 잘 받는 편이니? 남에게 상처준 건 기억나니?
따뜻한 말 한마디를 할 수 있니? 웃기는 말이 더 쉽니?

내게 이런저런 말을 해보며 나의 본질을 찾아간다. 내면에 웅
크리고 있던 어둠과 염세주의와 분노와 울분이 있지만, 그 반대의
에너지를 찾아서 활용하려 노력한다. 무표정의 가면을 벗고, 거짓
미소가 아니라 오십 이후에 갖고 싶었던 얼굴을 떠올린다. 어제보
다 오늘은 입꼬리가 더 처지지 않기를, 미간에 주름은 제발 지금도
충분하니 여기서 멈춰주길.

아닌 척해도 오십,

그래도
잘 지내보겠습니다

2

(건
강)

언제까지
이팔청춘일까?

나이를 먹는 건, 시간을 먹는 것.
이미 쓸 만큼 써서 부실해진 몸을 최대한 아껴
오래 써야 할 날이 남아 있을 뿐.
어떻게 건강하게 사는가에 대한 방향키는
살아온 걸 바탕으로 자신의 방식대로
가감하여 만들어야 한다. 정답은 없으니까.

기억력과
시력

늘어가는 준비를 2년 전부터 책으로 하는 중이다. 대강 열권 정도를 읽어야 한두 가지를 얻을 수 있어 효율성이 매우 낮지만 그래도 이해가 되어야 하니 책을 통해 두루두루 정보를 얻는다. 방송이나 유튜브는 광고가 대부분이고 그 정보는 분명히 어디선가 보긴 봤겠지만, 내 안으로 들어와야 내 것이 되니 무조건 책에 기대는 편이다.

어쩌다 발견한 책이라고 하기엔 모호하지만(이미 유명한 소설가가 대국민 독서 책으로 추천) 내가 기억하고 읽었으니 내가 발견한 걸로 치자! 《기억의 뇌과학》이란 책인데 결론은 큰 도움이 되었다. 다만 이상한 건 이 책을 보기 전까지는 기억력이 좋았는데 《기억의 뇌과학》을 보고 나서는 조금 안도하고 마음을 놓았는지 까먹는 일이 종종 발생하기 시작했다(보지 말았어야!).

책 내용을 다 소개할 순 없고(직접 읽어보시길 역시 책은 읽는 행위에 위안을 얻는 것), 내가 획득한 내용은 기억이 나빠지는 것에 큰 스트레스를 받지 말자는 것이다. 뇌라는 게 그렇다. 살짝 기억하는 공간이 있고, 깊숙하게 서랍에 넣어놓는 게 있는데, 보통 차키를 어디에 뒀더라, 리모컨을 어디에 두었지? 같은 것은 잠깐 스쳐가는 곳에 저장하며, 그 저장 기능은 나이 들수록 저하되는데 그 이유는 뇌에 하도 썼다 지우기를 반복해서 기능이 떨어진다고 한다. 그렇다면 살짝 스쳐 지나가는 기억을 잘하려면 두세 번 또렷하게 기억을 반복해서 넣어야 하는데 그 순간에 생각이 많고, 복잡한 일들이 곳곳에서 도사리면 응당 기억이 작동하지 못한다. 살짝 기억하는 공간이라 슬쩍 날려 먹는지도 모르겠다. 그러니 외부의 도움을 받아야 하고, 그걸로 스트레스는 받지 말라고 한다.

왜 그 재벌 집에 나왔던

이 뭐였더라

이 씨 아닌데 재벌 집, 그 드라마가 아닌가?

왜 연기가 리얼했다고 했던,

누구 말하는 거야, 도대체. 회장님, 도준이?

이… 무슨 민인데, 아 뭐지?

이렇게 한 글자씩 외치지 말고, 그러다 맞추는 것에 희열도 느끼지 말고 궁금하다 싶을 때 검색을 활용한다. 도서관에 반납해야 할 책이 있다면 현관 쪽에 가져다 놓고, 메모와 핸드폰의 알림설정, 다이어리 등 도구를 일상화한다. 건망증이 생겼다고 호들갑을 떨지 않는다. 깜박 잊을 수는 있다. 소가 되새김질하듯 계속 마인드컨트롤을 하면 된다. 그렇게 《기억의 뇌과학》의 여파가 일상에 들어와 안심하고 있었을 때였다. 그러던 어느 날 무심히 찾아오는 무서운 에피소드들이 있다(그러면 그렇지).

병원에서 돌아와 식사 준비를 하고 TV 리모컨을 찾았다. 검정 소파 위에 당연히 있어야 할 리모컨 두 개 중 하나가 사라졌다. 내게도 이런 일이 벌어지는구나. "리모컨 어디 갔지? 냉장고에서 나오는 거 아냐? 그것만은 제발"이라며 쿠션 사이를 뒤지고 있었다. 엄마는 힘이 하나도 없는 목소리로 "가방 찾아봐."

믿고 싶지 않았다. 아니, 가방에서 나오는 것은 아련하게 냉동실에서 들려오는 핸드폰 벨 소리만큼 수치스러운 일 아닌가! 도대체 리모컨에 발이 달렸는지, 땅으로 꺼졌는지, 저택도 아닌데 샅샅이 뒤져도 나오지 않았다. 결국 포기했다. 현실을 받아들이자! 병원 갈 때 들었던 슬링백을 열었다. 이건 아니야, 아닐 거야. 고개를 아무리 저어도 묵직한 게 잡혔다. 띵!

핸드폰이랑 같이 쑤셔 넣었나 보다. "바빠서 그랬을 거야"라는 엄마의 작은 위로가 들려왔다. 병원으로 엄마를 모시러 가는 게 바쁜 나머지 리모컨을 집어넣었단 말인가. 책에서 읽은 건망증의 에피소드들이 여럿 있었지만 정작 내가 주인공이 되니 순순히 수용되지 않았다. 여전히 나는 아직도 건망증을 받아들이지 못하고 있다. 다시 그런 일이 생길까 봐 리모컨을 제자리에 꼭 둔다.

노화와 함께 떨어지는 능력 중 또 하나는, 시력이다. 어렸을 때 공부 잘하는 모범생처럼 보이고 싶었다. 공부를 더 할 생각은 안 하고 1등 코스프레를 하고 싶던 어린 시절. 정작 진짜 1등은 안경 안 쓴 애들이 훨씬 많았다. 어른들이 싫어하는 안경잡이라는 말이 무색하게 난 안경잡이가 되고 싶어서 일부러 TV와 책을 가까이서 보는 짓을 서슴지 않았다. 백 퍼센트 오른손잡이라 왼손잡이가 아닐 바에는 안경잡이가 되어야겠다는 이상한 논리가 나에게 있었다. 내 작은 눈도 가려주고, 똑똑한 느낌도 더해주고, 내게 안경은 여러 방면에서 긍정적인 아이템이었다. 중학생 때 이미 안경을 착용했지만, 크게 나쁜 편은 아니라 라식수술 같은 건 받지 않고 잘 살아왔다. 목욕탕이나 추운 겨울날 뜨거운 국물 먹을 때를 제외하고는 안경만 쓰면 크게 불편함을 못 느꼈고, 안경을 바꿔가며 자연스럽게 나이를 먹었다.

마흔 중반을 넘어 교정보는 업무를 할 때도 이미 눈이 시리고, 아파서 얼마나 작은 글자들이었는지 보고 또 봐도 오타를 걸러내지 못했다. 근시였던 눈이 노안이 오면서 안경을 벗어야만 앞에 있는 글자들이 보이고, 내 눈이 초점을 제대로 못 맞추니 책도 손으로 거리를 맞춰야 하고, 맞췄다고 해도 글자가 작고 흐릿해서 도저히 참을 수 없는 지경이 되었다. 스마트폰으로 쇼핑몰에서 장을 보려고 해도 작은 글자들이 어른거려서 잘못 읽기 시작했다.

제주 실성햄? 실성했어? 햄이?

(제주 설성햄이었다.)

몽쉘통통 날개? 어머 날개 달린 몽쉘이가 나왔어?

(낱개와 날개도 구분하지 못할 지경이 되었던 건가!)

스포츠클럽 풋볼거지?

(유행하는 패션인데, 거지라고? 아, 풋볼 저지.)

이외에도 하루에 두세 번 오독의 세계는 늘어가고 있다. 실성과 날개를 본 내 눈에 적잖이 실망했다. 더이상 도망칠 수 없었다. 눈을 비벼도 더 흐릿해질 뿐. 독서용 안경을 맞추고야 말았다. 왜 버텼던 걸까? 노안이 온 것을 온몸으로 거부하면 노안이 오다가 놀라서 도망가나. 거부한다고 또 갑자기 눈이 좋아지나? 늘 안경을 맞추러 가서 들었던 노안 이야기가 내 이야기라니. 이제는 받아들이기로 했다. 마음이 무척 편해졌다.

마흔부터 노안이 온다는데, 나만 겪는 일이 아니라고 해도 정작 돋보기를 꺼내는 건 부자연스러웠다. 안경을 벗고 메뉴판을 들여다보는 걸 넘어 가방에서 주섬주섬 다른 안경을 꺼내어 쓰는 모습이 남들 보기에는 괜찮을까(남은 내게 1도 신경을 쓰지 않을 텐데)? 돋보기 착용에 대해 사소한 걱정을 했지만 이제는 조금씩 익숙해지고 있다. 컴퓨터 작업을 하거나 침대에서 잠들기 전 책을 볼 때는 자연스럽게 독서용 안경을 꺼내 쓴다. 쉽고 맑게, 자신 있게, 크게 볼 수 있는 이 안경이야말로 거부할 게 아니었다.

시력, 청력, 기억력 등등 신체와 관련된 ~력들은 쓰면 쓸수록 힘이 떨어진다. 천천히 力이 떨어지도록 애써야 하겠지만 이미 시작되었다면 받아들이고 외부에 기대도 좋겠다. 그 현상을 받아들인다. 가방에서 리모컨이 나와도 두 개가 아니라 하나인 것에 감사를, 안경을 개발해 광명으로 인도하시는 역사 속 그분에게 감사를 드린다. 인간이 도구를 만들었을 때는 그 쓰임이 있는 것이니 충분하게 이용한다. 피하지 말고.

나도
탈모인

남의 일이 내 일이 되었을 때 처음에는 별일 아닌 척 담담하게 받아들인다. 불행이나 실패, 혹은 불운도 호들갑스럽게 받으면 안 좋은 일이 더 기세등등할 거 같기 때문이다. 본능적으로 난 그렇게 담담하고 의연하게 지내는 편이고, 여간해서는 흔들려도 흔들리지 않을 거라고 애써 침착해진다. 오랜 직장생활이 내게 남겨준 단단한 애티튜드다.

카피라이터로 25년을 온갖 스트레스를 받으며 영혼을 바쳐 일했으나 원형탈모가 내게 찾아온 적은 없었다. 내 딴에는 힘들게 다녔다고 해도 힘든 축에 들지 않았나 보다. 그리고 원형탈모쯤이야.

머리카락이란 빠지고 다시 나고 그러는 거 아니겠냐고 대수롭지 않게 여겼다. 그러던 어느 날 남의 일이 드디어 나한테 찾아왔다.

시작은 김치 담그던 날, 기운이 없는 엄마는 식탁 의자에 앉아서 내게 지시를 내리고 나는 행동을 하고 있었는데, 속을 버무려 배추에 넣는 나를 보며 엄마가 놀랐던 모양이다.

큰일 났어. 어떡하니? 너 머리가 없어.
하얀 속살이 다 나왔어. 민둥산이야!

며칠 전 머리를 감다가 한 움큼 빠져 버린 머리카락이 기억났다.

괜찮아. 머리카락은 또 나.

쿨하게 넘겼고, 환절기나 컨디션이 떨어지면 등장하는 탈모 현상이겠거니 하고 김치를 마무리했다. 그리고 그다음 날 커트나 해야겠다 싶어 미용실을 찾았다. 헤어디자이너는 나의 머리를 이리저리 들추면서 고개를 좌우로 심각하게 저었다. 쯧쯧 소리가 귓가에 맴도는 거 같았다.

"커트하고 나가서 바로 피부과 가세요. 심각해요.

세 군데, 아니 네 군데. 오늘 당장 가세요."

나보다 내 머리를 더 걱정하는 타인의 강경한 말에 심각함이 그제야 밀려왔고, 바로 엄마가 다니는 대학병원 피부과로 달려갔다. 다행인지는 모르겠지만 그 병원 피부과가 '탈모인들의 성지'였다는 건 나중에 알았다.

대학병원 의사 선생님은 너의 원형탈모는 탈모에 끼지 못하는 가벼운 수준이라며 나의 생체조직을 연구 활동에 써도 되는지 바쁘게 물었고, 무언가에 홀린 듯이 그러겠다고 고개를 살짝 끄덕였을 뿐인데 어느새 진료실 옆 처치실로 바로 끌려가 머리카락 빠진 곳이 훤하게 잘 보이도록 주변에 똑딱 핀을 꽂고는 디지털카메라로 죄수 사진을 찍듯이 부위별 촬영을 마쳤다. 3분 안에 벌어진 일이다. 눈 뜨고 코 베인다는 게 이런 거다 싶을 지경으로 놀랐는데 이어지는 순서가 더 무서웠다. 조직검사!

나의 두피에 붙은 모근을 떼어낸다며 서약서를 빨리 적으라며 볼펜을 들이밀고, 종이를 낚아채고는 누워서 기다리라고 했다. 갑자기 공포가 엄습했는데 나의 무서움은 아랑곳하지 않으며 의사와 간호사는 완벽한 팀워크로 볼펜처럼 생긴 기구를 이용, 원형탈모 부분에서 조직을 떼어내고, 멀쩡한 부분에서도 조직을 떼어

내 가져갔다. 대한민국 천만 탈모인들을 위해 이 한 몸, 거뜬히 아픔과 고통은 참을 수 있었다는 건 아니고, 생살을 찢고 꿰매니 아픈 건 당연하고, 소독도 하고 연고도 바르고, 머리에 반창고까지 붙이고 나와 보니 영구가 따로 없었다. 하나도 쉬운 게 없어!

의사 선생님은 내게 2주 후에 오라고 했다. 혈액검사, 조직검사 결과를 들으러 갔는데, 전혀, 아무런 이상이 없다는 것. 자가면역질환도 아니고, 호르몬도 이상 없고, 스트레스 아니 원인이 없어도 생기는 게 원형탈모라며 재발할 수 있으니, 치료는 받아야 한다고 못 박았다. 다만 뉘앙스가 너의 지금 모든 것은 탈모 축에 들지도 않아, 걱정하지 마! 이런 느낌. 놀란 거 같아 모발이 빨리 날 수 있도록 스테로이드 약을 4알씩 먹도록 처방해주겠다. 금세 나을 거다. 이미 거뭇거뭇 나오고 있다. 그리곤, 연고와 샴푸를 처방했다. 정확하게 1분의 시간. 진찰료 8,900원, 고급 카페의 커피 가격에 버금가는 가격을 지불, 샴푸는 수납하고 받는다. 2만 8,000원 프랑스제 샴푸를 가져와 머리를 감다 보니, 내가 프랑스 사람이 아닌데 효과가 있나, 과연 이게 잘하는 짓인가. 원형탈모라는 게 큰 병이 아닌데 그냥 둬도 되는 건데 호들갑을 떠나. 별별 생각이 들었지만, 손으로 머리를 만지면 두피 곳곳에 매끄러운 기분이 썩 좋진 않았다. 그리고, 그렇게 대리석처럼 반들반들한 곳에 과연 머리카락이 올라올까?

스테로이드 약은 자칫하면 부작용이 있어 적절히 써야 하고, 조금 괜찮다 싶으면 바로 약물을 줄인다. 난 부작용은 없었고, 스테로이드 약을 먹으니, 피부가 너무 좋아져서 아기 피부가 되어 보들보들하고 부드러워졌다. 약을 먹으니, 눈에 띄게 호전되어 전반적으로 머리카락이 올라오고 있었으며, 꾸준히 빼먹지 않고 연고를 하루 2회 보이지 않는 뒤통수와 옆, 앞 사이를 종횡무진으로 발라댔다. 그리고 10개월 후 원형탈모 탈출 대장정을 마치고는 자진 하차를 결정했다. 원형탈모는 위치를 옮겨 가며 또 다른 구멍을 만들고, 그걸 메우다 보면 또 다른 데가 하얗게 넓어진다. 갈 때마다 의사 선생님은 1분의 짧은 시간에도 한번 생긴 원형탈모의 재발 위험성을 고지했다. 여전히 쿨하게 나는 알았다, 그러면 또 병원에 오겠다는 마음을 먹었던 거 같다. 그러면서도 다시는 가고 싶지 않았다.

탈모는 여전히 느리게 진행 중이고, 여전히 머리를 빗을 때마다 우수수 힘없이 주르륵 빠진다. 받아들이냐 아니냐의 문제다. 아직도 원인에 대해 혼자 추측하는 건, 전격 살림 생활의 스트레스, 코로나19 백신 부작용, 또 하나는 완경 이행기 증상, 또 다른 건 잦은 모자 착용, 자주 감지 않은 두피 상태. 이런 것들의 총합이 아닐까? 하나씩 해결하며 적응 중이다. 검은 콩 두유를 하루에 한 개씩 마시고, 검은콩으로 콩장을 만들어 먹고, 단백질 가루를 사서 타 먹다가 맛이 없어서 유통기간이 지났는데도 돈이 아까워 보관 중이고, 남아 있는 샴푸로는 부지런히 머리를 감는다. 자고 일어났는데 중학교 시절, 고무줄로 잘 묶이지도 않을 만큼 머리카락이 두껍고 너무나 빽빽해서 늘 숱 가위로 안쪽을 쳐내던 나로 돌아가지는 못하겠으니, 얇고 가벼워지는 머리카락 한 올도 소중하게 대한다. 나뿐이겠는가. 잘나가는 동갑내기 배우들도 머리카락은 다 심은 거라던데.

현재 원형탈모는 사랑의 부메랑도 아닌데 돌아왔습니다. 아무래도 다시 1분 만남을 신청해야겠습니다.

관절의
세계

대한민국은 지금 뉴진스의 열풍보다 더 거세게 관절의 열풍이 부는 중이다. 우리나라 사람에게만 없던 관절이 갑자기 생겼을 리 없는데, 갑자기 관절 약이 광고를 집어삼켜서 TV를 틀기만 하면 귀에 딱지가 앉도록 관절 약 광고가 나온다. 드라마에서는 신스틸러로 활약한다. 주인공을 납치할 나쁜 놈들의 사무실에 떡하니 조직의 부하들이 모여서 PPL 제품인 호X원을 나눠 먹는다. 왜 나쁜 짓 많이 하려면 관절이 튼튼해야 하니까. 온몸 구석구석 좋다는 영양제들이 나오다 나오다 이젠 관절로 집중이 되고야 말았다. 그렇게 좋은 걸 왜 이제야 발명한 건가, 괜히 삐뚤어진 생각이 들 때

때마침 나의 몸도 관절의 세계에 발을 디밀게 되었다.

　손가락으로 키보드만 치던 때와 달리 독박 살림을 시작하면서 자연스럽게 무거운 것을 들고 돌리고 손목 쓰는 일이 많아졌다. 그렇다고 쉐프처럼 현란하게 뭘 다루는 일을 하는 것도 아닌데 음식을 만들다 보면 조리도구, 냄비, 프라이팬, 압력밥솥, 뚝배기 등을 들었다 놨다 하며 양념통을 열었다 닫았다 하는 것과 동시에 반찬통과 김치통을 열고, 닫고, 식재료를 깎고, 썰고 다지고 볶고 찌고 등등의 과정에서 나의 손목은 열일을 하고 있었다. 요리 분야를 벗어나면 더 밀려드는 손목 사용, 청소도 빨래도 모두 손을 써야 한다. 손목이 그렇게나 중요 부분인 줄 몰랐다. 안 쓰던 부분을 쓰다 보니 결국 주부 생활 2년 만에 문제가 생겼다.

　난 뼈도 튼튼하고 관절도 튼튼한 편이다. 무리 가는 운동이라는 걸 해본 역사도 없고 극강의 액티비티와는 반대편의 느림보 삶이었으니 정형외과 간 적이 손에 꼽는다. 허리도 튼튼하여 조금 아프다 싶으면 뜨끈하게 지지며 실컷 잠자고 일어나면 개운해진다. 가끔 파스 도움을 받았지만, 한두 장이면 완쾌되었다. 단 한 번도 뼈 부러진 적이 없고, 술 마시고 엎어지거나 멀쩡한 정신에도 넘어져 인대가 늘어나고, 마우스와 키보드 사용으로 손목에 염증 생겨 정형외과를 간 적은 있지만 금세 나아서 그 흔한 도수치료나 침도 받아본 적이 없었다.

그러나 오십, 관절의 세계가 열린 만큼 응당히 들어가야 했다. 오른 손목의 컨디션이 좋지 않아 결국 병원을 찾았다. 병뚜껑을 따거나 손잡이를 돌리거나 빨래를 짤 때마다 시큰거리고 손목 부근에서 덜거덕 소리도 났다. 불편감이 심해지고 기분 나쁘게 아파 엑스레이라도 찍고 의사 말을 듣고 싶어서 짬을 내서 찾았다.

엑스레이를 보며 의사 선생님은 빠르고 정확하게 읊조렸다.

의사　여기 보이시죠. 척골이 다른 사람에 비해 길어 부딪혀 자꾸 불편해지는 거네요.

나　그러면 원래 그랬는데 왜 이제야 아픈 거죠?

의사　나이 들고 자꾸 써서 이 부분이 약해진 거죠. 병명은 TFCC, 삼각섬유연골복합체 손상입니다. 치료법으로는 주사, 물리 치료, 체외충격파 등이 있고,

나　그건 얼마나 비용이 드나요?

의사　비급여 항목이라 회당 5만 원 들고요. 체외충격파는 5~8회 이상 받아야 효과를 볼 수 있을 거 같고.

나　생각 좀 해보고 올게요(30만~40만 원이나 들어야 하나? 그렇게 아프진 않은데).

의사   그럼 오늘은 물리치료와 보조기구, 약 지어 드릴게요.

나   네~. (과연 약을 먹는다고 나아질까?)

병원에 드러누워 물리치료를 받던 시간은 좋았다. 온몸이 개운해지고 어깨도 훨씬 부드러워지고 손목도 시원한 느낌이 들었다. 보조기구까지 차고 나오니 나 아픈 사람이라고 사방에 알리는 거 같았고, 손목을 고정하자 기분마저 고요해졌다. 그것도 잠깐, 집에 와서는 바로 보조기구를 빼고 저녁을 차리자 다시 손목이 아프기 시작했다. 그 이튿날 TFCC에 대해 검색해보니 남자도 기구를 드는 상체운동을 하다가 파열이 되거나, 집안일 하다 손목을 많이 쓰면 발병되기도 하고, 또 하나는 선천적인 TFCC가 있다고 한다. 그래, 그게 나야 나! 척골이 왜 길고 뾰족한 건데, 비로소 오십이 되어서야 알게 된 선천적인 약점이다.

TFCC는 손목디스크라고 할 정도로 예후가 좋지 않다고 한다. 심해지면 수술이 답이나 수술하고도 제대로 원상복구가 되지 않는다고 하고, 거기에 선천적인 경우는 인터넷상에서도 예시를 찾지 못했다. 일반인보다 척골이 길어 아픈 거라면 뼈를 깎아야 하는 건가 싶고, 정말 병원 문턱이 닳도록 다녀야 하나 싶고, 걱정의 갈림길에 휘청거리며 서 있다. 돌봄을 이어가야 하고, 집안 살림을 해야 하니 TFCC용 손목 보호대를 사서 척골이 흔들리지 않게 조여 일상생활을 하는 중이다. 현재는 왼손을 더 많이 사용하려고 노력한다. 한쪽만 고생시켜서 이런 일이 일어난 거 같으니까 이제 무거운 것은 다 왼손에 시킬 예정이다. 그러다가 왼쪽 손목에도 같은 증상이 나타날까 무섭다만. 우선은 내가 내 몸을 알아주고 다스리고 이야기를 들어보는 중이다. 오십에 알게 된 신체의 비밀은 어쩔 수 없다고 해도 이걸 시작으로 얼마나 여기저기 아프기 시작할까, 싶어서 덜컥 겁이 난다. 관절 약 광고를 볼 때마다 웃어넘겼지만 이젠 남의 일이 아니다.

요가와
플랭크

안 올 거 같던 마흔을 넘어 진짜 오지 않을 거 같던 오십이 왔다. 웰컴 오십! 두 팔 벌려 환영할 것도 아니고, 모른 척하기도 애매한 분기점 오십. 호들갑을 떨진 않았지만 오십은 기분이 달랐다. 신체 변화가 가장 두려웠으니까. 현 팔순이 된 엄마는 오십이 되었을 때 오십견으로 고생했고, 체온조절이 힘든 완경 이행기 증상으로 엄동설한에도 창문을 열고도 잠이 쉽게 들지 않았으며 오십 대 후반에는 위암 발병으로 위장 4분의 3을 절제하는 대수술도 했었다. 엄마는 평생 술과 담배는 해본 적도 없고, 고기보다 생선을 좋아하고, 나물과 채식을 즐기는 유연한 채식주의자에 가까웠다. 그러나 먹는 것과 상관없이 외가는 전부 저혈압 집안인데 혼자서 특이하게 고혈압 환자가 되었고, 암 환자로 5년을 투병하고 완치 후에는 건강에 쭉 힘을 쓰다가 다시 만성 콩팥병을 앓는 투석 환자가 되었다. 이런 이유로 엄마의 유전자를 독차지한 내 몸은 과연 얼마나 오래 쓸 수 있겠느냐는 생각을 안 할 수가 없었다. 오십은 건강의 분기점이다. 건강검진을 하러 가면 작성해야 하는 문진표에서 턱 막히는 순간이 있는데, 가족력을 적어야 하는 구간이다. 그렇게 내 안에는 돌연사한 아버지의 유전자와 다양한 병으로 투병하는 엄마의 유전자가 섞여 있다.

장수를 원하지 않았던 십 대와 달리 현재 난 장수 노인이 되고자 한다. 아이러니하다만. 이 나라가 결혼한 이들의 편만 들고, 자식을 낳아 자기 가족만이 최고라고 여기는 사람들 보란 듯이 살고 싶다. 매일 뉴스에 노인이 많아지는 고령화 사회에 인구가 감소하고 있다고 아이를 낳으라고 재촉하는 이 사회에서 1인 가구를 싸잡아 별로라 해도 꿋꿋이 당당하게 오래도록 살아가고 싶다. 외로움을 미루어 짐작하고 혼자의 삶을 불쌍하게 여기며 지레 걱정하는 이들의 시선을 깔아뭉개고(너무 과격해진다), 힘차고도 삐딱하게 살아가는 자세를 갖추려면 무엇이 필요하지? 그래 바로 건강이구나. 갑자기 초조해진다. 그래 건강을 챙겨보기로 한다.

실상 건강이란 지킨다고 지켜지는 것이 아니다. 독수리 오형

제 말고 어벤져스라도 불러 지구의 평화 대신에 개인적인 건강을 지키라고 하면 좋겠지만 불러도 그들은 오지 않을 테니 자구책이 필요하겠다. 그런데 말입니다. 장수하려면 코어가 필요하다면서요? 코어는 톡딜 행사도 없고 쇼핑몰에서 구매도 불가! 결국 운동으로 챙겨야 한다니 여간 심란한 게 아니다. 제발 코어 쇼핑도 가능해지면 좋겠는데.

　주변에는 플랭크 친구들이 있다. 멋진 풍광을 배경으로 플랭크를 하고 그 인증사진을 찍어 대화방에 공유한다. 나는 인증사진을 찍어주곤 했지만 정작 나란 인간은 굳이 벌 받는 자세를 하고 싶지 않고, 우선 힘이 드는 건 딱 질색인 운동 기피 내향적 성품을 갖췄으니, 옆에서 아무리 해도 눈 하나 꿈쩍하지 않았다. 장수의 필수가 코어의 힘을 기르는 것이고, 플랭크가 주요한 거라고 해도 윗몸일으키기, 복부 운동을 하면 했지, 플랭크는 하고 싶지 않았다. '계속'이라든가 '줄곧'을 어려워하는 난 '줄곧 함께하기'는 더욱 어려운 일이다. 약속하면 지켜야 하니까. 혼자가 편했다. 올해 들어 새 마음으로 플랭크를 시작했는데, 1분 버티기가 쉽지 않았다. 일주일 만에 결국 오른쪽 어깨에 무리가 왔다고 생각하고 '오십견에 플랭크는 무슨'이라며 잽싸게 자발적 스톱버튼을 누르고 코어는 나중에 챙기기로 결심했다.

두 번째는 요가, 팬데믹 속에서 유행처럼 돌았던 콘텐츠 중 가장 효과적이고, 그나마 좋은 습관으로 남았다. 뻣뻣한 몸에게 유연한 자세는 그 자체로 로망이다. 요가원에서 요가 강사에게 잔소리를 듣고, 주변에 잘하는 이들과 비교를 하며 자괴감에 몸서리치고 싶지 않았다. 유튜브 속 강사들은 각목 상태의 뻣뻣한 날 볼 수 없으니, 뭐라고 타박하지 않는다. 그리고 "자세에 크게 신경 쓰지 말고, 호흡에 집중하세요~ 무리하지 마세요. 오늘 이렇게 요가할 수 있는 여유가 있음에 감사하세요~" 같은 진짜 평온한 멘트를 날려준다. 안 되는 걸 억지로 하지는 말라고. 큰 가르침을 얻었다. 그래도 화면 속에서 보여주는 그들의 길고 곧고 바르고 유연한 그림 같은 자세를 볼 때마다 뒤뚱거리는 내 몸이 마뜩잖다. 특히 엎드려서 뻗쳐 자세와 흡사한 다운 독 자세에서 '왜 운동인데 벌 받는 기분이 드는 건가?' 같은 나와의 대화가 이어진다. '왜 오른 손목이 아프지? 손목이 아프니 일주일은 쉬어볼까. 그래! 아플 때 더 하면 안 돼!' 같은 속마음이 또다시 중지 버튼을 누른다.

홈트의 단점은 역시 자신의 의지박약이 일으키는 빠른 포기에 있다. 언제든 다시 하면 돼. 라는 확신에 찬 믿음은 그나마 이뤄냈던 반듯한 자세를 날려 먹고, 몸은 다시 원점으로 돌아가 버리게 만든다. 절대 누르지 말아야 할 리셋 버튼이 된다. 그럼에도 홈트는 편리하고 비용 발생이 되지 않으며 언제든 시작하고 언제든 그만둘 수 있는 자율성이 존재한다.

사람들이 언제부터인가 운동에 미쳐있다. 운동에 지나친 찬사를 보내고 안 하면 게으름뱅이로 전락시키고, 운동만이 우주 최강 장수 덕목이며, 건강에 필수요소로 정말 안 하면 당장 큰일 나는 걸로 여긴다. "요즘엔 무슨 운동해?"라며 운동 종류도 물어보고, "아무것도 안 해!" 같은 답을 하면 "헐~"이라는 답이 돌아온다. 이렇게 운동에 대해 진심인 사람들이라니.

수렵채집과 사냥을 나가지 않고 생각만 하는 호모사피엔스들이 비루한 몸뚱이를 억지로 운동이란 그럴싸한 타이틀을 붙여 헬스장에서 기구를 이용해 억지 근육을 만드는 거 진짜 좀 별로다. 운동만이 건강의 지름길이라는 식으로 프레임을 서로에게 뒤집어씌워 주곤 채찍질한다. 나 역시 피곤이 나를 잠식할 때 돈을 내고 헬스장에 운동하러 다녔다. 체력을 길러 일을 더 해야겠다는 노예 관성이었다. 굳이 체력을 만들 필요가 없었는데도 체력을 만들어 일을 잘하겠다는 그 논리는 어디서 비롯되었는지 이제 와 생각할수록 억울하다. 일 자체를 무리하지 않는 선에서 하면 되었던 거 아닌가!

운동을 진짜 싫어했던, 체육 시간마다 비 오기를 바랐던 내가 오십에 깨달은 바는 딱 하나다. 나에게 맞는 거 두세 가지를 설렁설렁한다. 질리면 다른 거에 도전하고 이거다 싶은 게 아니면 또 새로운 걸 시도해 본다. 운동에 관한 지론은 팔순 엄마의 말을 기준으로 삼았다. 안 하는 거보다는 낫다. 라는 생각으로 해! 열심히 하지 않아도, 건너뛰어도 괜찮다. 아예 안 하는 거보다야 낫지 않은가!

먹는
문제는
개인차

강원도가 고향인 엄마가 만들었던 음식들은 맛이 진하지 않고 담백했다. 고기만두보다는 김치만두를 만들고. 코다리찜은 붉은 양념을 쓰지 않고도 맛이 좋다. 돌아가신 외할머니, 외할아버지 그리고 이모들은 엄마의 음식을 좋아했다. 외가에서 함께 모여 살 때 7명이 한 상에서 먹던 식사 시간이 가끔 떠오른다. 겨울이면 만두를 빚어, 만둣국을 끓였고, 손님이 오면 해파리냉채나 잡채, 생선전 같은 걸 만둣국에 곁들여 냈는데, 할머니와 함께 만들던 엄마의 시그니처 메뉴들이었다.

나도 엄마의 음식을 좋아했다. 직장생활을 하며 먹었던 밖의 음식은 대부분이 자극적이라 삼십 대에 이미 물릴 만큼 물렸고, 매일 먹는 집밥이 좋았다. 어쩌면 집밥은 집에서 회사에 다니던 나를 유일하게 지탱해 주던 힐링템이었다. 오죽하면 집밥의 로망이 담긴 《오늘도 집밥》이란 책을 내기도 했을까. 다만 우리 집 집밥은 다 좋았는데 내 입맛엔 가끔 좀 짰다. 짠 음식들이 고혈압 환자, 신장병을 앓는 이에게는 절대적으로 위험한 것인데 그걸 알면서도 얻어먹는 주제에 잔소리하기 싫어 엄마가 해주는 대로 먹었다. '소금 중독자'인 당신 스스로 음식을 하니 병이 악화한 셈이다. 꼭, 음식 때문에 병이 난건 아닐 테지만, 조금 더 강력한 관리가 있었다면 어땠을까?

먹고 싶은 걸 먹으며 건강이 확 나빠진다. vs 맛없는 걸 억지로 먹으며 천천히 건강이 나빠진다.

당신이라면 전자인가, 후자인가?

식단관리를 하는 환자들이 얼마나 어렵고 고통스러운지를 알려주는 문장이다. 둘 중 하나를 절대 고를 수 없다. 엄마는 투석을 시작하면서는 일반식이 가능해졌고, 나 역시 너무 맛없게 드시게 할 수 없어서 저염식에서 벗어나 간은 타협점을 찾아 요리하고 있다. 그러나 엄마 본인이 하던 간이 센 것은 절대 드시게 할 수 없다. 소금은 최소화하고 간장이나 액젓, 새우젓을 활용한다. 그래서 투석을 시작하고, 혈압은 다행히 안정권을 찾아서 다른 환자들에 비해 컨디션이 양호하다고 믿는다. 혈압관리가 진짜 중요하기 때문이다.

건강이 꼭 음식과 연관이 있다고 비전문가가 말할 건 아니지만, 옆에서 보고 직접 반 실험(?)을 해본 결과 우리 몸은 꽤 정직하다. 건강한 일반인에게 좋은 음식, 예를 들면 슈퍼푸드 10가지는 신장이 안 좋은 또는 투석 환자인 엄마에게는 위험한 음식이 된다. 칼륨이나 인이 다량 들어 있는 식재료는 섭취에 제한을 두는데 일반인이 몸에 좋다는 잡곡밥은 우리 집에서는 끊은 지 오래다. 아무리 심심해도 하얀 쌀밥을 먹어야 한다. 쌀뜨물로 된장찌개를 끓였다가 '인' 수치가 높아져 쌀뜨물은 화분에 양보하고, 쌀도 박박 씻는다. 채소에는 칼륨이 다량 포함되어 있어 날것으로 먹으려면 물에 2시간은 담갔다가 쓰거나 데친다. 고칼륨 채소는 그마저도 거른다. 색깔이 진한 채소일수록 칼륨이 많다. 무, 배추, 콩나물 같은 허여멀건 식재료는 안심하고 먹을 것들이다. 여름이 되면 늘 푸성귀를 마음껏 드셨던 분인데 양껏 드실수록 혈액검사 수치가 흔들려서 관리가 필요하다.

과일에도 칼륨이 많아 실컷 드실 수 없다. 그렇게 좋아하는 감도 한 번에 두세 개씩 드셨으나 이젠 반 개에도 걱정하고, 모든 과일은 칼륨 때문에 한 쪽씩만 드신다. 먹고 싶어도 걱정이 많아져

욕구가 사라지는 거 같다. 정월 대보름에 나물과 잡곡밥을 해드렸다. 너무 좋아하는 걸 안 드시게 할 순 없었다. 역시나 한 달에 한 번 하는 혈액검사에서 칼륨 수치가 약간 높다고 주의를 들었다. 우리의 신체는 먹는 대로 정직하게 보여준다.

당연히, 밀키트가 편하겠지만 진짜 복잡하지 않은 건 손수 만든다. 배달 음식을 시켜도 되지 않냐고 하지만 믿지 못해서 레시피를 참고하며 만든다. 뭘 그렇게까지 하냐고 할지 모르겠지만 칼륨이 많은 건 물에 담갔다 써야 하고, 인 수치가 걱정되는 사골육수 대신에 멸치육수로 끓여야 한다. 포장지에 빼곡하게 적힌 식품 첨가물을 굳이 드시게 하고 싶지 않은 마음도 있다. 내가 할 수 있는 최선을 다하고 혈액 검사를 해보면 엄마의 몸이 증명해준다. 건강한 이들은 음식을 섭취하면 필요한 것들은 몸에서 흡수하고 간, 신장에서 거르며 독소를 배출하는 정직한 시스템을 갖췄지만, 투석환자는 몸이 걸러내지 못하니 혈액에 남게 되고 투석 기계가 거르는 것도 한계가 있다. 혈액 내 수치가 높으면 부작용이 일어나고 신체에 타격이 온다.

그럼 함께 사는 이는 덩달아 칼륨과 인이 들어간 걸 못 먹게 되고 그럼 건강에 이상이 생기지 않냐는 의문이 들 것이다. 따로 영양제라도 챙겨 먹어야 하나 싶었지만, 참으로 몸은 정직하고도 신비롭다. 이상하게도 나는 안 먹던 과일을 많이 자주 먹고 있다. 칼륨 부족을 알고 몸이 원하는 게 분명하다. 바나나도 좋아하지 않았는데, 토마토도 별로였는데, 이상하게 당기는 것들을 검색해보면 칼륨이 높다.

그래서 내 인생에 먹는 게 중요해졌다. 그리고 먹는 건 개인차라는 것도 알게 되었다. 누군가에겐 좋지만, 다른 이에겐 나쁜 게 있지 않을까? 환자와 일반인을 동일시할 순 없지만, 엄마를 돌보면서 타인의 식생활도 이해하게 된다. 음식이 사람을 만든다고 여기게 되었다. 인간은 광합성을 하는 식물도 아니고, 배터리로 움직이는 로봇이나 가전이 아니니, 동력의 원천은 결국 음식이다.

먹는 문제는 운동만큼이나 변하지 않는 이슈다. 채식주의, 육식주의, 키토식, 저탄고지, 1일 1식, 1일 2식, 간헐적 단식 등 들어본 이야기도 많고, 잠깐씩 해본 것도 있고, 읽은 책도 부지기수. 각자가 실행하고 자신에게 맞는 걸 택하면 장땡이다. 주변에서 무엇을 하든, 남 인생에 신경을 쓸 여력이 없고, 나나 잘하자, 주의라 흔들림 없이 나는 내게 맞는 걸 찾아나간다. 세상에 동물이 씨가 마를 때까지 육식을 먹자고 해도 내 입맛에 안 맞으면 못 하는거고, 밀가루와 탄수화물 중독자라고 매스컴에서 떠들어대도 탄수화물이 내 속을 편하게 해주니 밥과 빵과 면과 떡을 고루 먹는다 (음~ 죽은 논외다).

또 하나 마흔 이후부터 실천하는 소식이다. 고루 먹으며 아침 밥을 거르지 않는다. 늘 정해진 시간에 정해진 양을 먹는데, 몸무 게가 살짝 늘어났다 싶으면 식사량을 조금 줄이며 몸무게가 요동 치지 않도록 항상성을 유지하는 데 신경을 쓴다.

하루 3끼를 밥만 먹으면 물리니 1끼는 빵이나 분식도 고루 한 다. 중간에 티와 쿠키, 커피와 구움 과자, 우유와 두유, 아몬드 음 료와 귀리 음료, 계절과일, 견과류와 요거트 등 간식도 먹는다. 1일 3식 소량을 먹는 게 내 스타일에 맞으니 그렇게 산다. 이젠 폭식하 고 싶어도 위가 반기지 않는다.

유튜브 속 먹방, TV 속 식당 소개를 볼 때마다 우리나라 사람 들 어지간히 먹는 거 좋아하는구나 싶어 가끔 물릴 때가 있다. 천 하일미를 차려놓아도 안 먹고 싶은 사람도 있고, 덜 먹고 싶은 사 람도 있다. 모두가 잘 먹는 게 미덕인 시대는 지났다. 유행을 따라 먹는 것도 이젠 좀 그만하고 싶다. 남들은 그렇게 좋다는 음식이 내게도 똑같이 좋을 순 없다. 우리는 다 다르니까 말이다. 우리 각 자가 다른 몸이니 먹는 문제는 정말 개인차다. 물론 나의 식생활도 수정을 거듭하겠지만, 지나치거나 모자람이 없도록 늘 밸런스를 염두에 둘 것이다.

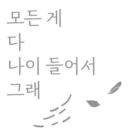

모든 게
다
나이 들어서
그래

첫 번째 치과에서 ————

의사 선생님은 여기저기 입 안을 보더니 딱히 할 말은 없었는
지 잇몸이 약하니 관리를 잘하라고 하며 잇몸이 조금씩 내려앉는
중이라고 했다. 몰디브 섬도 아니고, 어딜 내려가나?

나　　잇몸이 조금씩 내려앉는 중이라고요? 그럼 어떡해요?
　　　약 먹어야 해요?
선생님　나이 들어서 그래요.

나　　아. 네(뭔가 잘못 한 게 없는데 주눅이 든다).

사람의 말문을 턱 막히게 하는 문장. 니가 아무리 애를 써봤자, 나이가 들어서 그런 걸 어쩌겠냐는 식이다. 약보다는 치과에 자주 오란 이야기로 마무리.

두 번째 내과에서 ———

국가건강검진 후 결과를 들으러 갔다. 내시경 사진을 보여주며 별거는 없는데 만성위축성위염이 보인다고 했다. 만성도 싫은데 위축성은 뭔가 위축되는 느낌이고, 약을 먹어야 하는 건가 싶어 급 정신이 혼미해졌다.

나　　만성위축성위염이요? 커피 끊어야 하나요? 그럼 괜찮을까요?
선생님　나이 들어서 그래요. 다 드세요.

이렇게나 쿨한 대답이라니. 왜 그런지, 무슨 이유인지 구구절절 설명하지 않아도 하나로 귀결되는 마성의 문장을 내과 선생님도 꺼내 들었다. 의사 선생님들은 어디서 오십 대 전후의 환자들에게 써먹으면 좋을 문장을 배워오나 싶었다. 크게 주의 사항은 없고

2년에 한 번 검진받으라는 걸로 종결. 나이 들어서 그런 사람들은 검진이 해결책인가 봅니다.

세 번째 안경원에서 ────

자꾸 앞이 뿌옇고 흐려서 안경을 바꿀까 해서 찾아갔다. 안경사는 시력 측정을 해보자고 했다.

나 　안경이 좀 안 맞아요. 책 볼 때는 더 안 보이고,
안경사 　어, 지금 나이가… 나이 들어서 그래요. 노안이에요.

안경을 굳이 바꿀 필요도 없다. 오히려 가까운 거는 더 잘 보이지 않느냐? 나이 들어가는 중이다. 눈도 그렇다. 지금 나빠지거나 좋아지는 중이니 한 1, 2년은 기다려야 눈도 제자리를 찾는다. 그러고 나서 다초점 렌즈를 쓰라고. 노안이 왔음을 인정하라는 안경사님의 말을 마흔 후반에 들었다.

마지막 집에서 ————

　레인지 후드를 닦다가 잠깐 딴생각을 한 사이에 손가락 여덟 개가 날카로운 금속 구멍에 베어서 밴드를 붙이고 있었다. 빨리 나아야 집안일을 할 텐데 불편하고 거추장스러워서 씩씩거렸다. 화가 나서 담가만 둬도 때가 쏙 빠진다는 레인지 후드 전용액을 샀다. 소는 없지만 소 잃고 외양간을 고치는 심정을 알았다. 진즉 사서 담갔어야!

엄마　　어쩌다가 다쳤어? 그냥 두지.

나　　　더러워. 너무 더러워서 닦다가 베었어. 빨리 나아야 할 텐데, 장갑 끼고는 난 설거지도 잘 못 하는데. 잘 안 낫고 이러네. 예전엔 하루만 약 바르고 밴드 붙이면 나았는데.

엄마　　나이 들어서 그래.

모든 게 나이 들어서 그래

나이 들어서 그래 나이 들어서 그래

그 문장은 아이돌 그룹의 노래 속에 나오는

킬링파트 같은 거죠.

큰 의미가 있는 건 아니겠죠?

왜 제 귀에만 맴도는 걸까요. 저만 들리는 건 아니죠?

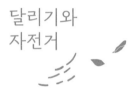

달리기와
자전거

1년 동안 달린 거리 266km, 평균 페이스 6.39

7km까지 달려봤고 나이키 앱으로 오렌지 레벨에서 그린 레벨로 올라섰다.

코로나 백신 때문에, 추위 때문에, 겨울 때문에 걷는 걸로 대체하며 쉬고

있지만 (달리기 실력은 원점으로 돌아가겠지) 따뜻해지면 다시 나갈 것이다.

내게는 사용해야 할 옷과 보호대가 있으니까!

<2021년 나의 백수 일기 중에서>

그랬다. 그때는 달리기에 진심 미쳐서 곧 하와이 해변을 뛰고
있거나 보스턴 마라톤 대회라도 출전할 줄 알았다. 아니면 우리나

라에서 열리는 어떤 대회든 꼭 10km 마라톤은 반드시 나갈 줄 알았다. 1년을 했으니 그 정도면 족하다고 스스로 하차를 한 셈인데, 영 개운하지 않다. 아쉽다. 여전히 운동복이 있고, 러닝화가 있고, 별다른 기구 없이 바로 나가서 달리면 되는데, 마음만 먹으면 되는데, 그 마음이 어디로 사라졌는지 찾을 길이 없다.

달리기할 때는 아침 5시 30분쯤 일어나 조용히 옷을 챙겨 입고 나갔다. 단지 내 트랙을 두 번 돌고 가까운 천변을 달리고 돌아왔다. 러너스 하이, 뭐 그런 것도 느낀 적 있다.

멈추지 않고 계속 다리를 움직이며 팔도 움직이며, 발은 지면에 닿았다가 다시 공중에 오르기를 반복하며 땅을 차고 나아가는데 말이 쉽지 내 다리지만 도통 내 말을 듣지 않는다. 심장은 쿵쿵 계속 뛰고, 숨이 가빠지는 상태를 유지하며 앞으로 조금씩 나아가야 하는 달리기란 녀석. 사람들이 걷는 거보다 그다지 빠르지 않은데 힘은 곱절은 드는 달리기라 부르고 싶은 나만의 허우적거리는 움직임. 문 열지 않은 아파트 상가의 유리창에 비친 내 모습에서 어르신의 모습과 비슷해 놀랐던 나만 아는 모닝 서프라이즈.

어렸을 때, 운동은 다 싫었고, 특히 달리기는 더욱 싫었다. 단거리도 장거리도 속도를 체크하는 것과 총소리가 무서웠다. 그러나 어른이 되어 내 뜻대로 하는 달리기는 마음에 들었다. 시시각각 달라지는 풍경도 재밌고, 달릴 때마다 조금씩 실력도 느는 거 같았

다. 처음에는 1km 달리는데도 눈앞이 캄캄해져서 현타가 1분에
한 번씩 드는데, 한 달 정도 지나고 나면 3km, 오 이 정도는 괜찮
은데, 욕심 좀 내 볼까? 이런 허세도 부리게 된다.

달리기에 대한 예찬론은 많다. 책 한 권에 달리기 예찬을 쏟아
낸 하루키 선생님이 있지 않은가. 달리기에 대한 예찬은 하루키에
게 맡기고 내가 경험한, 느낀 바는 이렇다. '살'은 그리 빠지지 않
았고, 달리면서 '독'이 좀 빠졌다.

회사에 다니면서 끝까지 나를 괴롭혔던 타인에 대한 미움과
질투, 헛된 욕심과 그로 인해 야기되는 불안, 인정받고 싶은 욕구,
돈이든 명예든 둘 중 하나는 가지고 싶다는 솔직한 바람 그 모든
번뇌에서 비롯되는 '욕심의 독'이 내 안에 가득했다.

기억에 사무치는 울분, 용서는 개나 줘버리고 복수하고 싶은
분노에 대해 또는 앞날에 닥칠지도 모를 지진이나 전쟁, 질병이나
상실, 앞으로의 경제적 고난이나 어려움을 생각할 수조차 없는 현
시점의 급박한 초절정 힘듦 때문에 달리기는 한마디로 '수행'이 될
수 있었다. 계룡산에 올라가 도를 닦는 대신에 땅 위에서 가쁜 숨
을 몰아쉬며 행하는 수행의 시간.

내 안에 나도 모르게 쌓여있던 오만함과 품었던 독기 같은 게
땀에 녹아 스르륵 영혼과 함께 나가는 기분이 들었다. 맨몸으로 달

릴수록 개운해지는 상태가 좋아서 더 달리고 달리다가 어느 날은 집으로 돌아가지 않고 내내 달려가다 어디까지 갈 수 있을까 싶은 지경에 이르렀다. 그래도 역시 달리기는 쉽지 않다. 고독하고 외롭고 쓸쓸하다. 달릴수록 기쁜 마음은 쉽사리 찾아오지 않고 무릎과 발목이 시큰거리기 시작했다. 수행의 종료가 다가오고 있었다. 사람에게 큰 기대를 했다가 더 크게 실망했거나 혹은 한반도 평화는 모르겠고 내 마음의 평화가 필요하다면 '달리기'하길 조심스레 권해본다. 싹 다 나을 수는 없겠지만 '마음 수행'에는 도움이 된다.

달리기를 대신해 요즘 하는 수행은 '실내 자전거'다. 엄마의 돌봄을 하느라 달리기는 잠시 미루어 두었다. 창밖을 바라보고 페달을 열심히 밟으며 또 이건 무슨 고행인가 싶다. 앞으로 나아가는 것도 아니고, 풍경이 바뀌는 것도 아닌 정지된 상태에서 다리만 움직이는 행위에 대해 감히 운동이라 말하지 않겠다. 나는 그걸 '오리배 타기'라고 한다.

실내 자전거 구매를 결정할 때 실내 자전거를 타는 후배는 조언했다. "언니 오리배 타면 안 돼요. 심장이 쿵쿵 뛰도록 속도를 내야 해요"라고.

그 말을 떠올리며 늘 실내 자전거에 오른다. 고정된 자전거 위에서 유튜브 속 빵 만드는 영상과 뉴욕의 펜슬타워가 보이는 센트럴파크의 풍경을 보고, 넷플릭스에서 미처 감상하지 못한 드라마를 끊어보며 다리를 움직인다. 심장이 뛰도록 페달을 밟아보지만 1분 후 오리배의 페달 속도가 되어 서서히 자체 종료할 마음을 먹는다.

본연의 나　더 해야지. 일일 드라마가 아직 안 끝났어.

또 다른 나　힘들어서 못 하겠어. 재미도 없고.

본연의 나　그래도 시간은 채워야지. 지금 내려오지 마!

또 다른 나　오늘 너무 많이 움직였어. 이렇게 하체운동만 할 순 없어!

본연의 나　그렇다고 상체운동을 하지도 않잖아!

　이런 나와의 대화를 이어가다 보면 1시간 남짓이 흐른다. 땀도 나고 독기도 빠지고, 기운도 빠지고 허기가 진다. 저녁 먹은 지 1시간밖에 지나지 않았는데, 운동을 해도 살이 빠지지 않은 건, 역시 먹기 때문이다. 자전거에서 내려와 입이 심심하니 뭐라도 주워 먹는다. 바닥에 떨어진 것도 있으면 먹을 수 있겠다. 심플해지는 순간에 웃음이 난다. 인간이란 이토록 단순한 체계를 갖추었구나.

　최선을 다하며 지내야지 하다가도 가끔은 화가 나고, 자존감은 바닥을 치고, 성공한 친구들과 비교하는 내 못난 마음 때문에 숨이 턱턱 막힐 때가 있다. 그럴 때마다 달리고 페달을 밟는다. 달리기와 (실내) 자전거, 무엇이 좋은지 묻는다면 어떤 거든 마음 운동에 좋다고 말할 수 있다. 멈춰 있는 것보다 부지런히 움직이는

게 마음에 좋다고. 호흡으로 땀으로 다 날려 보낸다. 한 톨의 찌꺼
기도 남지 못하게.

오늘 밤은 숙면의 신과 함께

부릉부릉 부릉 끼익―

밤 열두 시, 적막을 깨고 아파트 주변을 달리는 오토바이 소리가 19층 창밖에서 울려 퍼진다. 우리 집은 대단지 아파트인데 우리 동은 초등학교와 중학교와 인접해서 밤이면 소음과는 무관하고 조용한 편이다. 이면도로가 있지만 자동차가 거의 다니지 않는데 어젯밤에는 어쩐 일로 오토바이 소리가 요란했다. 설마 열두 시에 야식시켰나, 배달을 요즘엔 열두 시에도 하나. 열두 시에 돌아다니면 귀신 나올 텐데 무섭지 않나, 잠들은 안 자나. 난 자고 싶은데…. 여름밤은 전혀 쓸데없는 남 걱정을 하며 잠들지 못하는 밤이 된다. 창문을 꼭꼭 닫고 내내 에어컨을 켜놓는 냉장고 같은 방에서 잠드는 것도 이젠 내키지 않는다. 창문을 열고 슬쩍 불어오는 입추 후의 살랑한 바람에 잠들고 싶다. 그러나 단 한 번의 소음 공격에 귀마개를 샀어야 했어. 지금 안대가 중요한 게 아니었어라고 자책하며 달아나는 숙면의 신, 바짓가랑이를 잡고 질척인다.

밤 열 시부터 잘 준비하는 나에게 여름은 좀 힘이 든다. 내 방으로 잘만 찾아오던 숙면의 신을 부르기에 최악의 조건을 다 갖춘 계절이 바로 여름이다. 무덥고 습하고 바람 한 점 없는데 앞에서는 아직 잠들지 못하는 풀파워 아이들이 뛰쳐나와 소리를 지르며 놀이터에서 놀고 뒤이어 산책하던 강아지들끼리 어쩌다 만났는지 으르렁, 왈왈 소리가 환상의 듀엣처럼 고음을 쌓기 시작한다. 야생이 따로 없다. 서로를 제압하려는 소리가 어찌나 살벌한지 늑대 소리처럼 짖어서 침대 위에서 몸을 웅크리게 된다. 잠시 눈을 감고 다시 잠을 청하면 달밤에 농구하는 이들의 통, 토동, 통통, 통통, 어설퍼서 웃참이 되는 드리블 소리가 울리고 연달아 길고양이의 애걸복걸 하는 울음소리가 이어진다. 오늘도 제시간에 잠들긴 글렀다.

잠이 부족할 때마다 엉뚱하지만 공상과학적인 발상을 했었다. 잠 통조림이 나오면 좋겠다고. 잠 통조림에 대한 소설도 쓰고 싶었다. 잠을 실컷 잔 후, 잉여분의 잠을 깡통에 밀봉 보관했다가 잠이 필요할 때 캔을 따서 마시면 잠을 푹 잔 것처럼 개운해지는 참신한 아이템. 지금 생각해도 좋다. 개인마다 잠 통조림을 만들어 쟁여두었다가 시험공부 할 때 한 캔 따서 먹고, 야근할 때 한 캔, 몸이 피곤하다 싶으면 한 캔 따서 원 샷. 박카스보다 피로회복에 더 효과적일 게 분명하다. 그렇게 잠 통조림이라도 있으면 잠들기 어려운 열대야에 분명 히트상품이 될 텐데.

나는 잠을 좋아한다. 죽어서 자는 잠을 뭘 그렇게 자냐고 4시간만 자도 충분하다고 세상이 잠을 홀대할 때도 잠을 충분히, 많이도 잤다. 인간을 아침형 인간과 올빼미형 인간으로 나누며 8시간 잠을 자는 이들은 게으른 사람이라고 싸잡아 매도할 때도 꿋꿋하게 잠자는 인간으로 살았다. 잠을 자야만 정신도 감정도 제 궤도로 올라오고 리셋이 된다. 그와 반대로 억지로 잠을 뺏기면 어수룩해지거나 반대로 날카로워져 다른 인격이 출몰하곤 한다.

배가 아파도 잠을 자면 나았고, 두통이 심해도 잠을 자면 스르륵 낫는다. 어깨가 결리거나 허리통증이 심해도 한의원에 가기보다 잠을 자면 파스를 붙인 거보다 효과가 좋았으며, 우울의 검은 그림자가 나를 짓눌러도 잠을 억지로 청하다 보면 어느새 잠이 들었다. 한 마디로 숙면의 신은 언제나 내 어깨 위에 있다. 밖에서의 천둥·번개도 세상이 뜨겁게 달아오르는 불구덩이 열대야처럼 어쩔 수 없는 악천후의 상황에서도 내가 부르면 언제든지 달려오는 내 편이다.

우리는 버킷리스트 중 하나였던 몽골로 여행을 떠났었다. 9월 초였는데도 그곳은 이가 딱딱 부딪힐 만큼 새벽에 추웠다. 핫팩과 침낭으로 게르 안에서 잠을 청해도 평원에서 불어오는 바람이 너무 추워 잠이 설핏 들었다가 일어나 화장실을 가는 패턴이 반복되었다. 친구들이 일어나 움직이는 소리에도 눈을 감은 채 다시 잠들곤 했는데, 그걸 '마인드컨트롤'이라고 스스로 불렀다. 그만큼 마음만 먹으면 요의도 참을 수 있고, 온몸으로 한기가 들어와도 잠들수 있는 강철 수면욕이 나의 큰 장점이다. 그 여행에서도 숙면의 신은 내 편이었다. 가끔 펄럭이는 게르의 천막 소리에 멀리 달아나기도 했었지만.

그러나 오십을 앞두고 미리 공부해본 갱년기 증상 중 하나가 잠을 설치고 뒤척이며 숙면이 힘들어 피곤하고, 그게 반복되다 보면 없던 짜증도 스멀스멀 나타난다. 그게 특징이라고 하니 미리 마음의 준비를 했다. 반기지 않는 불면의 신이 내 방으로 침입하기 전에 궁극의 대책을 세워야 했는데 우선은 침구 교체였다. 오랫동안 사용하던 메밀 베개와 안녕하고 푹신하고도 머리가 쏙 들어가는 경추베개를 샀다. 침구는 면 소재에 가벼운 걸로, 이불은 실내 온도에 맞게 교체하고 침대는 이사하며 바꿔서 이미 매트리스가 짱짱했다. 침실의 환경은 무조건 누웠다 하면 잠들 수 있도록 환기와 조도에 신경을 쓴다.

또 하나는 누구나 알지만 실천이 어려운 스마트폰 금지다. 자기 전에 핸드폰을 침대에서 멀리 떨어뜨려 놓는다. 자다가 깨서 시간이 궁금해도 절대 보지 않는다. 혹시나 화장실을 가고 싶어 깨나더라도 다시 잠들 수 있도록, 눈을 반쯤 감고 화장실을 다녀와야 한다. 노련하게 잠을 컨트롤하고, 빠르게 다시 잠든다.

숙면의 신이 아무리 내 편이어도 적군이 있는데 그건 카페인 장군이다. 후배와 만나면 저녁 9시에도 아메리카노 톨 사이즈를 마시고도 잠을 쿨쿨 잤던 나였는데, 몇 년 사이 카페인에 예민해졌다. 이제는 오후 4시 전에 마셔도 무리가 없던 커피가 점점 시간이 당겨져 오후 2시에서 다시 오전에 마셔야만 숙면의 신이 찾아오기 시작했다. 결국 오후에는 커피보다는 차를 마시거나 디카페인 커피를 주문하게 되는 커피 마니아의 굴욕 시대가 시작되었으니, 디카페인 커피도 커피다. 부끄럽지만 인정하자.

또 하나 숙면의 신을 놓치지 않으려면 꼭 해야 하는 '달밤에 체조' 요가를 밤에 한다. 잠들기 전에 하는 스트레칭으로 하루 종일 경직되어 있던 몸 구석구석을 이완시켜 주고 나면 정말 잠이 잘 온다. 요가를 아침에 잘못하면 관절에 무리가 오기도 하지만, 잠들기 전에 명상과 함께하는 밤 요가는 20분 남짓의 시간으로 불편했던 몸과 시끄러웠던 마음에 평온이 스며들고, 수면의 질 또한 높아진다. 모든 일련의 과정들과 무관하게 숙면의 신을 부르는 가장 쉬운 법은 피곤한 하루를 의도적으로 만든다. 육체 피로와 동기인 숙면의 신이 무료 방문해주길 바란다. 그리하여 쉬이 잠들고 싶어 하는 나를 보호해 담백한 잠으로 뇌와 몸을 다시 깨끗하게 리셋해주길. 오늘도 난 만 보를 걷고, 마트 오픈런을 하고, 오리배를 타고, 집 안 청소를 하고…. 그러나 소음의 공격이 오늘도 이어진다. 밤 산책 강아지 소리와 고양이 소리, 곧 전쟁 날 거 같은 헬기 소리, 칼로 진짜 벨 거 같은 부부싸움 소리 등 숙면의 신도 감히 물리치지 못할 소리가 들린다. 여름의 한복판에서 창문 닫고 잘 수 있는 겨울을 간절히 기다린다.

3

(마)
(음)

뜻대로
안 되는 게
있어

마음 心 자를 각운으로 카피를 썼던 적이 있다.
중심, 안심, 욕심, 결심, 진심
마음이 얼마나 우리의 삶을 휘어잡고 있는지….
사실 나는 요즘 내려놓을 욕심이나 비껴 서 있을 중심이나
굳이 마음먹지 않아도 될 결심 같은 걸 찾고 있다.
그게 나의 진심이라고 믿어주면 좋겠는데.

반드시와
적당히

나의 외할머니는 깔끔했다. 요즘 말로 결벽이 약간 있던 터라 나는 밖에서 놀 때도 털퍼덕 땅바닥에 앉아 흙장난할 수 없었다. 할머니의 눈치를 봤었다. 집 안과 밖을 먼지 한 톨 없게 쓸고 닦는 분이었다. 반짝이는 마루와 반들거리는 섬돌. 아마, 손녀의 옷차림까지 깨끗하길 바라셨을 거다. 당연히 난 코흘리개 시절부터 코를 흘리면 절대 안 되는 진짜 깔끔하고도 정갈한 어른 같은 아이로 포지셔닝이 되어 버렸는데, 내 의지와는 상관없이 환경의 영향이 컸다. 난 방구석도 좋아하지만, 정작 구슬치기나 딱지치기하며 밖에서 노는 걸 퍽 좋아했다. 그런데 보통 골목길에서 노는 애들은 시커먼 구정물 같은 땀이 흘러야 하는데 도통 나에게는 그런 게 보이지 않았다고 한다. 사실은 바닥에 앉아 맘대로 흙장난하며 노는 애들이 부러웠다.

골목길에서 어르신들이 "저 아이는 뉘 집 아이래? 아! 그 초록 대문 집 손녀구나. 어쩐지"라는 말들을 했다고 한다. 남에게 보이는 게 중요한 때였다. 없는 살림에도 밖에서는 귀티 나는 아이로 알려지길 바라는 어른들의 협동작전 덕분에 외삼촌이 일본에서 보내오는 일제 장난감과 인형을 가진 아이, 이모들이 사주는 예쁜 옷과 한글 카드 등으로 나이를 앞서가는 똑똑이 타이틀을 얻게 되었고, 나 또한 천재까지는 아니어도 신동 소리는 들었으며 성격도 스스로 세뇌당해서인가 깍쟁이인 줄 알고 초등학교에 다녔다.

그러나 어른이 되고 보니 깍쟁이, 똑똑이는 나의 것이 아니었다. 어렸을 때 동네에서 똑똑하다 소리 좀 들은 거로는 이 야생이자 정글인 세계에서는 앞발을 내밀지도 못하고 바위틈으로 숨어야 하는 미약한 신세라는 걸 알게 되었다. 다만 유일하게 남아 있는 건 어린 시절 깔끔한 세상에서 자랐기에 어쩔 수 없이 현재에도 남아있는 습성이 있다. 바로 약간의 결벽!

종이 자르는 가위는 분명히 식탁 위에 있었다. 주방 가위는 주방에 있는데, 군이 주방에 있는 가위로 종이를 자를 때, 문득 말하고 싶다가도 참는다. 엄마가 까먹었거나, 큰 가위를 쓰고 싶었겠다고. 만약에 시어머니였다면 어땠을까? 같은 생각도 한다. 엄마 역시도 강박증과 결벽증을 적당히 둘 다 갖고 있는데 서로의 기준이 다르다. 나는 외출복을 입은 채로 집 소파와 침대에 절대 앉지 않는다. 밖에서 가져온 물건은 꼭 바닥을 닦고 들이고, 손은 자주 씻으며, 어지간해서는 외출 시 옷과 집에서 있는 옷을 철저히 구분하는 편이다.

이런 걸 결벽이라고 하면 결벽증인데(보통 다 그렇지 않나요?) 코로나가 창궐했을 때는 예민해져서 조금은 힘들게 보냈다. 엄마는 내가 지키는 그런 결벽의 기준은 상관없고, 본인 TV 대의 서랍, 장롱의 서랍 안은 칼 각을 맞춘다. 그에 비해 나는 공용의 공간은 각을 맞추고 깔끔하게 유지하고 싶지만, 정작 나의 사적 공간은 대충 눈에 크게 거스르지 않는 정도만 치운다. 옷장 서랍이나 문으로 가려놓은 곳은 어지럽히지 않으려 애쓴다. 정리하기 싫으니까.

이에 비해 정리를 잘하는 엄마는 마늘을 사 오면 오와 열을 맞춰서 베란다에 나란히 널어 말린다. 그걸 보고 있으면 왜 저렇게까지 오와 열을 맞추는 데 애를 쓰나 싶어서 속으로는 '적당히 하지'란 말이 목구멍까지 나온다. 아마 내가 하루에도 서너 번씩 옷 갈아입는 걸 보면 엄마도 그런 생각을 할 테지만.

'내일은 아침 일찍 마트에 갔다 오고, 엄마랑 병원에 갔다가 집에 와서 욕실 청소를 하고, 청소기를 돌려야 하고, 저녁거리도 미리 준비해 놓아야 하고, 도서관에 들렀다가 병원에 갔다가….'

이렇게 일정을 머릿속으로 짜다 보면 시간이 부족하다.

엄마가 그 이야기를 듣고서는 "반드시 마트에 갈 필요는 없어!"라는 말을 해줬다. 그 순간,

한 단계 세상이 확장되었다. (뭘 그렇게까지 호들갑이냐 싶겠지만) 인생의 패턴이 바뀌는 순간이었다. 지금까지 '반드시 ~해야 한다'라는 걸 품고 살아서 아직도 '반드시'란 부사가 자주 몸과 마음을 장악할 때가 있었다. 엄마의 그 한마디로 머리가 개운해졌다. 내가 사는 데 '반드시 ~해야 한다'는 걸로 스스로 강박증을 만들 필요는 없다.

반드시 먹어야 한다. 반드시 사야 한다. 반드시 청소해야지. 나의 의지로 할 수 있는 것 앞에는 '반드시'를 안 붙여도 된다. '오늘은 반드시 장을 보러 가서 달걀과 두부를 사고 돌아와 엄마의 이른 점심을 차린 후 병원에 갔다가…'를 차근차근 수행하며 날마다 '반드시'를 행동에 옮겼다. 내일은 반드시 욕실 청소를 해야 하고, 반드시 〈더 글로리〉 못 본 걸 보고, 〈이상한 변호사 우영우〉도 보고, 아직 다 보지 못한 〈모범택시 2〉도 보고, 〈무빙〉도 보고, 운동도 매일 꼬박꼬박 반드시 하고,

반드시란 주문에 걸려 나를 채찍질하고 있었다. 커피머신 앞에서 깨달았다. 이제 반드시라는 건 내 삶에는 없어야 한다. '반드시'란 부사는 잊지 말아야 할 것, 앞에 쓰여야 하고, 우리가 기억해

야 할 것들 앞에 놓여야 하고, 나쁜 놈을 때려잡고, 악을 응징하는 그 앞에 붙여야 할 '반드시'가 되어야 한다.

나는 '반드시'보다는 '적당히'를 좋아하기로 한다. 적당하다는 건 딱 맞는 상태보다 약간 모자란 상태를 의미하니까. 적당히 해라는 부정적인 뉘앙스가 있지만, 그 외에는 '적당히'란 말이 가진 적당함이 좋다. 이제 마음속에 '반드시'의 강박증을 꺼내고 '적당히'란 걸 넣어보려고 한다. 어지간해서는 적당히 하고, 적당히 살고, 적당히 미래를 향해 적당하게 나아간다.

수십 년 동안 살아온 방식을 갑자기 확 뒤집어 다르게 살 순 없다. 결벽과 강박에서 완전히 벗어날 순 없지만 마음이 한결 가벼워진다. 마음은 마음먹기에 달렸다.

미리
걱정하지
말아요

엄마는 걱정이 좀 많은 편이다. 그럴 수밖에 없다고 이해한다. 남편을 갑자기 잃었고, 하나 남은 자식을 어떻게든 키우려고 발을 동동 굴렀고, 오십 대 후반에 좀 편해질까 했더니 큰 병이 찾아와 생사의 갈림길에 서기도 했다. 그때 나는 위로와 응원의 빈말을 하지 못하는 대쪽 같은 성격에 삐쭉거리는 모난 서른이었으니, 투병의 시기를 혼자 보내느라 애를 썼을 게 분명하다. 돌이켜 보니 그때 나는 엄마와 같이 아파하긴 했었나 싶다. 괴로웠던 기억들은 뇌에서 자진 삭제를 해버린다고 하는데 난 그 시절이 촘촘히 기억나지 않는 거 보면 기억삭제가 제대로 이뤄졌나 보다.

그때 제대로 위로하지 못한 미안한 마음이 빚처럼 남아 있는지도 모른다. 어지간해서는 돌봄이라 칭하지 않고 간병이라 말하지 않고, 함께 살고 있는 이 상태를 잘 헤쳐 나가고 싶은데, 가끔 엄마의 걱정과 투정을 어떻게 다독여야 할지 헤맨다.

투석을 받는 와중에도 혈관이 좁아져서 시술을 자주 하는 편인데, 그걸 하기 싫어서 걱정하고 또 한다. 내 일이 아니라고 걱정을 안 하는 건 아니지만, 미리 걱정하는 건 나로서는 어떻게 대처해야 할지 난감하다. 미리 해서 좋은 게 있지만, 걱정은 아니다. 물론 걱정이라는 게 미리 곰곰이 생각하면 따라오는 일종의 시뮬레이션으로 인해 벌어지는 마음의 방어기제가 아닌가.

아마도 걱정의 모양은 줄줄이 비엔나소시지 형태일 듯하다. 걱정을 시작하면 일률적인 걱정이 아니라 하나씩 크기가 조금씩 늘어나는 모양일 것이다. 잠시 쉬었다가 다시 불어나고 또 잠시 쉬었다가 몸집을 불리는 형태의 걱정 소시지가 줄줄이 따라온다. 좋은 일에는 걱정이 따라붙지 않는다. 태어나 처음 해보는 것들, 당락이 결정되는 시험, 불안한 것들, 안 해본 일, 위험이 따르는 것, 혹은 목숨과 밀접한 연관이 있는 상황, 때로는 모든 일상에 도사리는 위험들에는 걱정하는 마음이 커지면서 나타난다.

걱정은 내게 일어날 확률이 낮을수록 깊이가 덜하다. 예를 들면 비행기의 추락. 74중 추돌사고나 열기구 추락사고 같은 것. 그러나 내가 그 일을 겪을 수도 있는 확률이 생기면 걱정도 깊어진다. 몽골 여행을 앞두고 몽골에서 여행객이 말을 타다 낙마 사고로 1억 원의 자비를 들여 한국으로 돌아와야 했다는 소리에 단체 대화방에서 오만 걱정을 했다. 정작 테를지에서 우리가 마음 졸이며 올랐던 말들은 순했고 승마 체험은 진짜 멋졌다. 사고를 걱정하느라 말을 타지 않았다면 아름답고 평화로우며 말로 표현하지 못할 만큼 감동적인 시간을 보내지 못했을 거다.

걱정이 생기는 메커니즘은 잘은 모르겠으나, 내게 나타날 확률을 짚어보면 걱정이 좀 덜해지고, 진짜 내 일이 될 경우는 미리 일어날 확률을 낮출 수밖에 없다. 보고서의 수정이 많을 거 같으면 미리 수정하고, 이별이 걱정되면 있을 때 잘하고, 추위와 더위가 도사리는 여행길이라면 핫팩과 냉감 의류를 준비하고, 준비하는 게 폭삭 망할 거 같으면 대안을 마련해두고 요래조래 걱정이 이끄는 대로 따라가야 한다. 그리고 걱정 때문에 중도 포기하지 않아야 한다. 우리에게 일어날 확률은 낮고, 마음이 이끄는 대로 우주의 기운이 흐르니, 큰 걱정보다는 긍정을 불러와야 한다.

그래도 나 역시 나이 들수록 잔걱정이 많아지고 있다. 그나마 그 장점을 꼽아보면 아무래도 조심하는 게 아닐까. 최근 들어 오븐 겸 에어프라이어를 사서 쓰기 시작했다. 종이호일에 자칫하면 불이 붙을 수 있으니 조심해야 한다고, 펄럭이다가 불이 나면 어쩌나 해서 그 앞을 떠나지 않는다. 냄비를 올려놓고 탈 거 같으면 타이머를 맞춰두고 주방 가까이서 서성이게 된다. 걱정이 일어나기 전에 미리 조심하고 예방한다.

병원을 자주 다니니, 의료사고에 대해 걱정도 하고, 장을 보다가 인파가 몰려들어 건물이 무너지면 어쩌나 걸어 다니다가 넘어질까 봐도 걱정한다. 어느 날은 불현듯 내가 아프면 어쩌지? 우리 엄마는 누가 돌보나. 뭐 이런 생각들이 이어지면 도착점이 없는 걱정들이 마음을 어지럽힌다. 다만 내가 조심한다고 되면 좋겠으나, 그게 타인이나 환경이나 국가와 시스템이 모든 게 엉망이면 나 혼자 어찌한다고 잘 될 리는 없을 텐데, 그게 제일 큰 걱정이다. 그래서 나이 들수록 나라 욕을 그렇게 하나 보다.

하루하루 컨디션을 신경 쓰고, 매일 수면과 식사량을 체크하고, 어제보다 오늘이 더 나아지기보다는 어제만큼 오늘도 평온하고 무탈하기를 바라는 마음만 가지려고 한다. 크게 나빠지지 않고, 크게 좋아지지 않고, 굴곡 없는 일상이 지속해 '걱정'을 데려오지 않으면 좋겠다.

결국 시끄러운 걱정에서 벗어나는 방법은 걱정이 스멀스멀 올라오기 전에 미리 싹을 잘라버린다. 앞날을 걱정할 시간에 즐기는 시간을 늘린다. 미리 걱정하지 말자! 일어나지도 않은 일을 걱정하느라 오늘을 보내지는 말자. 내일보다 오늘이 소중하니까. 뭐 이런 식의 구태의연한 결론밖에 내릴 수 없는 건가, 심히 걱정된다. (걱정하지 말라며!)

별자리와
사주와
타로

마음이 요동을 쳐서 진득하니 회사에 다닐 수 없을 때마다 사주를 보러 가곤 했다. 26살 가을 연희동 점집을 찾아간 게 처음이다. 회사를 진짜 너무 다니기 싫어 보러 갔고, 답변은 "계속 다녀라"는 말에 눈물을 삼키며 꾸역꾸역 IMF가 터지기 전까지 다녔다 (그만두고 싶을 때 그만뒀어야 했다). 그러다가 내 사주만이라도 내 손으로 보고 싶어서 독학으로 공부를 시작했다. 미래를 알고 싶은 것보다는 (알고 싶지만, 실력 부족) '나는 도대체 왜 이렇게 생긴 걸까?' 그 궁금증 때문에 명리를 공부하고 나 자신을 품기까지 셀프 사주풀이에 도움을 받았다.

"나는 금사람이고, 엄마는 물이야. 그래서 우리는 상호보완이 되는 거고, 수를 살게 하는 게 금이거든. 내가 엄마를 살리는 거라고"라며 얼치기 사주풀이를 하면 엄마는 "난 그런 거 안 믿는다"라고 선을 그었다. 본인의 감을 믿고 살아오기도 했지만, 돈이 아까워 가지 못했다.

"좋은 소리일지 나쁜 소리일지 그 몇 마디 들으려고 내 발로 찾아가서 돈을 주냐? 그 말을 믿느니 내 주먹을 믿겠다." 그 말도 맞다. 나도 유명하다는 철학관이며 점집에 다녀와 한 며칠 지나면 내가 그 소리 들으려고 복채를 줬나 싶었다. 그걸로 맛있는 거나 사 먹지. 사고 싶은 물건을 사거나. 그래도 사주를 보러 다녔던 건 그때마다 마음이 내 마음이 아니었기 때문이다.

경금일주에 불이 없는 사주여서 '불'을 쓰는 직업을 가지면 좋다고 했는데 광고를 한 거는 잘한 거라고들 했다. 내가 공부하고 보니 맞는 거 같다. 화로구이 식당을 하면 성공한다는데 '제가 고기를 안 좋아해서'라는 말을 한 적도 있고, 오히려 책이나 나무를 쓰는 일을 하면 좋다는 풀이도 들었는데 그 말이 어쩌면 내가 좋아하는 것과 얼추 맞았다. 어떤 풀이는 내가 사는 방식과 좋아하는 것과 달라서 안 믿고, 어떤 이의 풀이는 나의 일과 추구하는 방향이 비슷해서 믿기도 했다. 다만, 이렇다 저렇다 해도 나의 환경이 돈을 벌어야만 했는데, 직장생활이 안 맞아도 불안한 사업보다는 안정적인 봉급쟁이가 나았다. 그러나 100퍼센트 좋을 순 없다. 직장이란 사실 좋은 건 월급이고, 대부분은 나와 맞지 않았다.

어느 날, 하도 마음이 답답하고 회사생활에 힘이 부쩍 들어 찾아갔는데 "당신 성격이 그래. 모든 게 맘에 안 들어. 그러니 회사도 힘들고, 사람도 힘들고 그럴 때마다 마음 心 자를 써서 붙여놓고 딱 세 번 만 속으로 마음 心, 마음 心, 마음 心 그렇게 외쳐."

이런 풀이를 듣고 돌아와 기분이 딱히 좋지 않았다. 왜 다 모든 게 내 마음 탓인가 싶다. 사람들은 잘못이 없는 건가. 그래도 밑져야 본전이니 마음 心 자를, 진심을 담은 궁서체로 프린트해서 사무실 파티션에 붙여두었다. 그 마음 心 자를 땐 건 마흔이 훌쩍 넘어서다. 부적이라 생각했고, 그걸 볼 때마다 마음을 다스린 것도 사실이다. 큰 도움을 받았다. 별거 아닌 거 같은 글자 하나에. 어쩌면 그 양반이 해준 말의 속뜻은 "네가 다스려야지. 어차피 네 마음이잖아!"였는데 그걸 알아차리는 데 꽤 오래 걸렸다. 늘 내 마음 하나 어쩌지 못해서 시끄러웠다.

그 외에도 빨간 속옷을 입어라. 그건 도저히 실행에 옮길 수 없었다. 빨간 속옷을 팔지 않았다. 2002년 월드컵전이었다. 서른여섯에는 결혼한다. 아이는 아들이 두 명이다. 아이들 모두 똑똑하고 잘될 거다. 뭐 이런 하나도 맞지 않는 말도 들었지만, 마음 心 부적만은 직장생활에 적잖은 도움이 되었다. 책을 보며 셀프 사주풀이를 여전히 가끔 하고, 오늘의 운세와 연초에는 은행에서 알려주는 무료 토정비결도 본다. 무언가에 기댈 것이 필요할 때, 내 마음이 어수선할 때, 좋은 것만 쏙쏙 골라서 듣고 보면 나름 귀여운 위로가 된다. 물론 하나도 맞지 않습니다만.

최근에는 별자리 공부를 시작했는데, 이 역시 사주와 비슷해서 조금은 놀랐다. 나의 이상한 성격을 이렇게나 잘 맞추나 싶었는데, 결론은 "그래서?"다. 나를 아는 건 우주와 사주팔자를 들먹이지 않아도 내가 가장 잘 안다. MBTI 16가지 유형으로 나눌 수 없을 만큼 우리 인간은 복잡하다. 이것 조금 저것 조금 공부하며 살다 보니 이제는 잘 믿지 않는다. 결국은 '마음이 가는 대로 살아간다'라는 진리를 얻는다.

운이 들어오고 나가는 것도, 혹은 왜 나만 이렇게 잘 안 풀리나 싶을 때도 오르락내리락하는 인생의 롤러코스터 구간이 있음을 떠올린다. 인생은 0을 향해 수렴한다. 초반에 잘 살았으면 후반이 힘들고, 초년 고생했으면 중후반에 좋다고들 한다. 평탄하게 다 좋을 순 없다는 걸 기억한다. 내 마음이 가는 대로 사는 게 가장 지혜롭다. 그리고 간절히 원하면 이뤄진다. 우주가 당신을 돕고 있으니까. 다만, 왜 이렇게 늦게 오냐고, 그 기운은 왜 나만 쏙 빼놓냐고 투덜대기보다는 긍정의 마음이 우주의 기운을 가져올 테니

진득하게 기다려주길. 분명히 어디선가 오고 있다. 다만 내비게이션이 정확하지 않아 우리 집을 못 찾아올지도 모르니 자주 하늘을 향해 손을 들어 기도를 올려보자.

덧붙여 타로 책과 타로도 사서 공부를 잠깐 했다. 카드 읽는 법을 공부하고 내가 골라서 셀프타로를 보았더니 내가 고르는 카드마다 좋은 카드가 안 나와 고이 접어 책장에 넣어두었다. 미래를 보는 건 심란해진다. 언젠가 타로를 꺼내 다시 공부할 날까지. 평정심을 유지한 채 이렇게 즐겁게 살아야지 싶다. 지금 흔들리는 마음들 속에 있다면 사주와 별자리와 타로 대신에 마음 心을 권해드립니다.

언제나
헤어질
결심

아주 가끔, 눈물을 흘린다고 하면 믿지 않습니다.
원래부터 그렇게 눈물이 많은 아이가 아니었다죠.
정말 아주 정말 힘이 들면, 혹은 분하면,
참았던 눈물이 폭 하고 나오곤 해요.

보통은 눈물을 삼키고 나면 금세 나아집니다만
갱년기가 시작되고선 눈물이 없던
강철 심장도 왈칵 울음이 새어 나옵니다.

아침마다 엄마의 마음을 헤아리고,

컨디션이 좋지 않은지, 물어보곤 하지만

어디서부터인가 서로의 감정이 삐걱대기도 하고

묘하게 뾰족해지는 순간이 오면

헤어질 결심을 떠올려봅니다.

영화 〈헤어질 결심〉과는 전혀 다른 결인데,

왜 전 탕웨이의 마음이 될까요.

그러고는 바로 박해일의 방황이 떠오릅니다.

바닷가를 헤매며 극 중 탕웨이를 찾으러 다니는 뒷모습이요.

언젠가

우리가 헤어질 날이 오겠구나.

헤어질 결심을 하지 않아도 헤어지게 되는 날

부모와 자식 간이라면 누구나 맞이하게 되는 그런 날이 오겠죠.

마음먹지 않아도 헤어지는 날까지

그 이후에

서로가 더 찾지 않도록 최선을 다하며

애쓰는 하루하루가 쌓이길 빌어보는 아침입니다.

흔들리는
마음속에서
3분

독립서점 사장님이 낸 책을 읽고 산티아고 순례길을 검색해 봤다. 배낭이 무거워 걷는 게 정말 힘들다는데 20리터 작은 배낭으로 순례하는 유튜버를 보고 신기해하다가 금세 '내가 걸을 것도 아닌데 왜 이걸 보나. 그래도 언젠가 가봐야지' 하며 버킷리스트에 올려봤다가 다시 내린다. '걷는 걸 아무리 좋아해도 너무 많이 걷는 건 싫어'로 답을 도출한다. 부럽지 않다고 자기를 설득하는 방법의 하나는 싫어한다고 자기 세뇌를 하는 것이다. 계속 샘솟는 여행 욕구를 힘든 순례길로 치환하여 나를 다독인다. 그리고 금세 까먹고는 인스타그램 계정에 올라온 지인의 산티아고 순례길 재방

문 피드를 보고 부러워한다.

　코로나로 세상이 멈춰 '어디로든 꼼짝하지 마'일 때는 같이 못 가니 괜찮았는데 슬슬 어디든 떠나는 이들을 보고 있으니 나는 늘 이런 식인가, 시쳇말로 자괴감이 든다. 늘 그랬다. 노예처럼 일할 때는 노예라서 자유롭지 못했다 처도 셀프 노예해방을 실현했는데 새로운 사슬이 발을 조이는 처지가 되었다. 형제, 자매 누구라도 한 명만 있으면 좋겠다. 일주일 정도 다른 이에게 엄마를 부탁하고 떠났다가 돌아올 수 있을 텐데. 왜 나는 사주에 역마살이 있어 여행이 그렇게나 가고 싶은지 남들은 귀찮아서도 가고 싶지 않다고들 하던데, 뭐 이런저런 생각들이 꼬리를 물기 시작하면 감정이 한없이 추락하고 나락으로 떨어진다.

　질투가 많고 부러움이 샘솟는 성정은 나이가 들어도, 진흙탕 개싸움을 해본 만큼 해봐도, 사회에서 닳고 닳아 제어가 잘 되다가도 정작 본성은 쉽게 바뀌지 않는다. 지금껏 쿨 한 척 살았지만 이제 '쿨한 척하는 거는 개나 줘버려'라는 마음이 든 이후로는 자주 타인이 부럽고, 자주 열이 뻗친다. 햇빛이 쨍한 낮에는 바삐 움직이는 몸을 따라 널뛰는 감정들도 정체되어 있다가 노을이 지고 어둠이 시작되면 존재감을 드러내려 애를 쓴다. 잠자고 있던 녀석들이 손을 들기 시작한다. '나 여기 있어!'라고. 풀빌라를 배경으로 찍은 사진 한 장, 뉴스 한 꼭지, 누군가의 당선 소식, 어떤 이의 새 작품 소식 같은 남들의 굿 뉴스들이 내게는 반갑지 않은 우울의 기폭제가 된다. 다만, 우울을 들키면 안 되니까, 아닌 척 좋아요♥를 누른다. 하트 말고 다른 모양이면 좋겠다. 내 가식이 드러나는 거 같으니까.

남을 부러워하면 내가 한심해져서 (한심해지는 건 또 모양 빠져서 견딜 수 없어) 어지간해서는 질투의 감정이 들지 않도록 후진 마음을 재빨리 끌어올리는 데는 명상만 한 게 없다. 따로 배우지 않았지만, 유튜브 속 요가 선생님들이 안내에 따라 저녁에 하는 스트레칭 요가를 마치고 3분 정도의 명상과 호흡을 하다 보면 일렁이고 요동치던 정신이 잠잠해진다.

내가 주로 쓰는 야매 명상법은 이렇다. 양반다리를 하거나 한쪽 다리만 올리는 반가부좌를 하고 창문을 보고 앉는다. 눈을 감는다. 다른 생각이 들면 그냥 두라고 선생님들은 이야기하지만, 나는 머리 한가운데에 아무것도 없는 푸른 바다나 호수를 떠올린다. 그 물 위에 작은 배를 띄우고 그 안에 누워있는 나를 넣는다. 여기서 크루즈를 띄우는 순간, 바로 지워야 한다. 크루즈를 띄우면 타이태닉이 연상되고, 디카프리오를 비롯해 많은 출연진이 등장해버린다. 명상이 아니라 영화를 찍게 되니까, 큰 배 말고 내 한 몸 뉠 수 있는 작은 배를 상상한다. 요트는 어떠냐고? 안 된다. 요트 역시 너무 낭만적이다. 바람이니, 햇살이니, 부자들의 놀이로 연상되니 그 방향도 명상과는 어울리지 않는다. 무조건 아주 작은 나무배에 몸을 넣어본다.

바다도 좋고 호수도 좋겠지만 바다는 불안하니, 호수로 바꾸자. 주변에는 아무도 없다. 물빛은 에메랄드빛, 물결은 잔잔하다. 바람이 불고 있고 배 안에 누워 하늘을 본다. 가장 릴렉스한 상태의 나를 상상한다. 그런 풍경을 떠올리며 크게 호흡하면 어느새 3분의 시간이 지나간다.

그렇게 상상 여행을 떠났다가 돌아오면 남을 부러워하느라 생긴 미간의 주름살과 찌그러졌던 마음이 한쪽 구석부터 바르게 펴진다. 나는 보통 명상의 마무리 말을 속으로 이렇게 한다. '무탈한 오늘 하루에 감사합니다'라고. 다음 날이 되면 홀라당 까먹고, 우울함이 나를 지배하며 괴롭히겠지만 여건이 허락되는 밤이라면 기꺼이 3분의 시간을 내어 흔들리는 마음을 다독인 후 무사히 보낸 오늘 하루에 감사할 것이다. 평정심은 쉽게 유지되지 않는다. 흔들리는 마음의 어깨를 붙잡고 내 앞에 앉혀 매일 올록볼록한 마음을 평평하게 두들기고 다독여야 한다. 대장장이가 따로 없겠다. 3분 동안 그게 가능하냐고? 의외로 가능하다.

작가 두 명과 함께하는 카톡 방이 있다. 노트북을 켜면 로그인하는 네이트온 방도 있다. 드라마를 쓰는 두 작가와 소통하는 방이라 주로 본방 사수를 하는 드라마의 시청 소감을 나누기도 하고, 하루의 안부를 묻고, 일이 안 풀리면 잠깐의 수다를 떤다. H는 나보다 나이가 많고, L은 동갑. 어른이 되어 만나 십수 년 동안 해외와 국내 고루 여행 가고 한 달에 한 번은 얼굴을 보며 가까이 그러나 거리감을 잃지 않으며 살가운 말은 굳이 하지 않아도 서로를 알아주는 동지이자 친구들이다.

오십이 되어가면서 타인의 타박과 잔소리와 힐난을 잠자코 들을 수 없게 되었다. 묵묵히 그걸 감내하기에 성질은 죽지 않았고, 아니 죽을 수 없었고, 반론의 여지가 많기 때문이다. 살면서 이미 골백번도 더 들은 이야기가 아닌가? 회사 다닐 때는 핀잔을 듣고도 참아야 했고, 술자리에서 단점을 들어도 월급을 받으니 한 귀로 듣고 고치는 척을 잠시는 했었다.

본인들이 하는 조언이라는 게 자기들의 기준에 맞지 않아서인데, 그런 말을 하는 사람들치고 내가 잔소리하거나 조언하면 나보다 더 안 듣기는 도긴개긴, 매한가지였다. 결국 우리 인간이란 종은 모두 너와 내가 범우주적으로 평행선을 걸어가는 남남이다. 내가 들어온 충고의 종류는 다양하고 소박한데 한마디로 축약하자면 '성격이 사회생활 하는데, 맞지 않는다'는 것이었다.

"너무 까칠해. 쓸데없는 강박이 있어. 소심해, 갑자기 화를 내는 건 무서워. 감정 조절을 좀 잘하면 좋겠어. 벽을 너무 치는 거 같아. 타인의 관심을 좀 받아들여. 고집이 너무 세. 위아래 모두와 사이좋게 지내. 너무 극단적이야. 사람들과 잘 지내면 좋잖아. 융통성이 없어. 유연하면 좋잖아." (그러는 넌 완벽하니? 넌 안 고쳐?)

이외에도 수백 가지의 단점을 들춰서 말한다면 너나 나나 피곤하긴 매한가지다. 내 단점을 모를 리가 있겠는가. 일이 년도 아니고 오십 년을 살았는데. 고칠 수 있었다면 이미 고쳐서 성인군자의 반열에 내 이름을 당당히 올리고, 〈그녀는 천사인가, 인간인가?〉넷플릭스 다큐멘터리 주인공으로 내가 나를 추천할 텐데 말이다.

칭찬을 바라며 지내기에는 조금은 쑥스러운 나이다. 장점을 갈고닦아 새 나라의 일꾼이 되기에는 나를 둘러싼 모든 것이 녹록하지 않다. 거기에 단점을 고치며 살기에는 에너지가 고갈될 것이며 신경 쓸 게 한두 개가 아니지 않나? 조언이나 권유보다는 빈말이라도 영혼이 없더라도 '잘한다. 잘할 것이다. 잘되고 있다' 같은 문구가 와닿을 때가 있다. 시니컬하기 짝이 없고, 인생무상과 허무함이 공기 속에 가득해 내 몸 가득 그런 게 들어와 터질 거 같다가도 '오늘도 파이팅' 같은 틀에 박힌 여섯 글자가 허무를 몰아내기도 하고 평범한 추임새인 '아자아자'가 꽁무니 빠지게 도망쳐 버린 의욕의 머리채를 억지로 잡아당겨 오기도 한다.

나는 누군가에게 '응원'을 보낸 적이 있나 돌이켜봤다. 한마음 한뜻으로 월드컵에서 승리하길, 내가 좋아하는 야구팀이 이겨주길, 운동선수들이 제대로 기량을 발휘하길 마음속으로 빌어본 적이 있지만, 정작 내 가까운 이들의 손을 잡고 기를 주며 '잘될 거야'라고 말해본 적 있나? 갑자기 그런 생각이 들었다.

그래서 노트북을 켜고 삭제했던 네이트온을 다시 깔았다. 네이트온에 들어가 두 작가에게 인사를 건넨다. 오늘도 작업 열심히 하라고. 누군가가 지켜보고 있고, 함께하는 시간이 존재한다고. 그 방이 있어 우리는 연결되어 있고, '오늘도 잘하자'를 외쳐줄 수 있는 공간과 사람이 있다고 알려주고 싶었다.

우리에게 정작 필요한 건 단점의 확신을 첨언하기보다는 의례적인 응원이 필요하다. 절대적인 희망이나 헌신적인 사랑과 달콤한 말(그런 건 좀 부담스러워요)은 아니더라도 즐점하세요, 수고해, 고생해 같은 평범한 말이 가끔은 지쳐서 지금 붙잡고 있는 모든 걸 때려치우고 싶다가도 그 말 한마디가 계속 나아가게 한다. 그게 응원이다. 내 단점은 어떻게든 안고 보듬으며 남아 있는 날들을 살아갈 테니까. 충고 말고 응원을 해주면 참 좋겠다. 오십은 '당신 잘한다. 네가 최고다. 아직 죽지 않았다. 역시!' 같은 가식적인 격려와 칭찬 세례 같은 닭살 응원이 절대적으로 필요할 때다. 각자 좋아하는 야구팀과 축구팀, 혹은 올림픽 대표팀과 해외에서 활약하는 선수들과 손흥민에게 하는 응원을 조금씩만 나눠서 해주길. 굽신굽신.

4

(미
래)
앞으로
이렇게 되고
싶어

〈10년 후의 나에게〉
같은 영상 편지는 연예인들이 TV에 나와서
오글거림을 참고 하라니까 하는 코너인 줄 알았다.
그러나, 딱히 목표도 계획도 없이 살아온 사람으로
10년 후, 20년 후의 목표는 필요하다는 느낌이 들기 시작했으니
지금부터라도 현재에서 미래를 찾아보기로 한다.
너무 늦지 않았기를!

위트와
센스

1 ———

나　샴푸 없이 머리를 감을 수 있대. 이제 몽골 여행 가면 물티슈

　안 써도 되겠어.

엄마　땟국을 빨아내야지, 맹물로 때가 빠져?

나　아니, 물도 필요 없대.

엄마　그게 되겠니?

2 ———

나　요즘 0원 챌린지 같은 걸 한데. MZ세대들이 검소하게 사는

게 트렌드래.

엄마   (검소라면 최고 레벨이면서) 거렁뱅이여? 안 쓰고 어떻게 살아?

3 ———

나   빨래는 너무 반복이야, 널고 마르면 걷어서 개고.

엄마   때가 반들반들할 때까지 입을 거야? 안 빨아 입고? 더러워.

4 ———

큰 머그잔에 담긴 커피를 보고

엄마   밥은 고양이 새끼처럼 먹고 커피는 하마처럼 먹는구나.

5 ———

허리 부분에 두꺼운 고무줄이 들어 있는 바지를 수선하고는

엄마   허리를 챔피언 벨트처럼 만들어 놔서 쪼여서 숨을 못 쉬겠더라. 고쳤어.

엄마와 이야기해보면, 당연한 말을 자신만의 단단하고 냉소적인 화법으로 구사해서 웃을 때가 있다. 문장 ①번과 ②번은 맞는 이야기인데, 맹물, 거렁뱅이 같은 말이 훅하고 들어와 의도하지 않게

웃음 버튼이 된다. 또는 ③번과 ④번처럼 엄청난 직유법에 빵 터질 때가 있다. 내가 카피라이터를 그나마 할 수 있었던 원천을 굳이 따져보면 엄마로부터 받은 위트와 표현법이 아닌가 싶다. 물론, 엄마는 글 한 줄 쓰는 걸 어려워하고 관심도 없는 편이지만 가끔 지나치듯 말하는 웃긴 표현과 유머 감각이 돋보일 때가 있다. 저 양반이야말로 광고하면 잘했겠다 싶다. 거기에 대한민국 팔도강산 모든 방언 속의 단어와 외할머니가 쓰시던 일본어까지 혼재되어 툭툭 나올 때면 검색 찬스를 통해 알아보곤 실제로 있는 말이라서 깜짝 놀라기도 했었다. 물론 자주 쓰는 말 중에는 사전을 아무리 찾아도 없는 말도 있다. 뉘앙스만 알 거 같은 세상 사람은 전혀 모르는 말도 있다. 이러나저러나 독특한 말을 써서 그 점이 부러웠다.

나이가 들면 감각이 줄어드는데 여전히 정정하고, 총기가 줄어들지 않는다. 보통은 나이 들수록 했던 말을 또 하거나, 하고자 하는 이야기의 초점이 없어지는 어르신 특유의 화법이 있는데, 말수가 적은 엄마는 말을 아끼고, 타인과 말할 때도 수다스럽지 않다. 물론 나와의 대화에서는 거침없는 말투가 나온다. 예를 들면 며칠 전 살고 있는 아파트 내의 분쟁을 이야기하다 갑자기

엄마   정 아무개는 개코만도 못 해. 다 들어먹으려고, 아우. 우리는 그나마 다행이지, 아직 하자보수 안 된 집도 많대. 하자보수 해준다는 말만 하고 가물치 콧구멍이래.

힘없이 심드렁하게 있다가 개코와 가물치 콧구멍도 웃기고, '가물치 콧구멍' 같은 킬링포인트가 신박해서 눈물 나게 잠시 웃었다. 본인은 의도하지 않았겠지만, 재미가 따라오는 독특한 문장을 툭 던질 때 난 엄마의 본능적인 그 위트가 부럽다. 요즘 투석실에서 4시간 동안의 TV시청으로 예능을 섭렵하고 있어 더 웃음 코드가 많아지는 거 같다. 드라마보다는 젊은 애들 취향의 예능프로그램을 시청하며 하기 싫고 힘든 투석의 시간을 보내는 듯해서 짠하나 매번 위트 지수가 높아지는 거 같아 흐뭇하기도 하다.

가끔 나보다 더 트렌드에 민감한 트민할이 되어가고 있으니 그 점도 본받을 만하다. 본인이 궁금한 거는 못 참고 검색하며 알아간다. 이해해야 다음 스텝으로 넘어가는 탐구 정신도 있고, 호기심도 많다. 기계치라고 본인은 말하나, 필요한 거는 어떻게든 스스로 깨치는 열정도 있다. 침대에 누워 불까지 다 끄고는 "내 친구 아직 안 왔어"라고 하면 거실 소파에 널브러져 있는 스마트폰을 대령한다. 스마트폰을 쓸 때마다 이렇게 작은 기계 안에 모든 게 다 들어 있는 게 신기한지 '내 친구'라는 표현을 마다하지 않는다. 그 또한 귀여운 지점이다. 친구라 할 만하다. 모르는 걸 딸보다 더 친절하게 자세히 잘 가르쳐주니까.

어제는 50년 주담대가 뉴스 꼭지였다. 뉴스를 같이 보면서 엄마는 개운하지 않은 듯,

"50년 동안 매어서 어떻게 사나, 대출에 붙잡혀서 어디 살겠나?"

대출 한번 안 받고 살아온 엄마로는 이해할 수 없는 노릇이라 그런 말을 하지만, 정작 또 내가 요즘 사람들 다 그렇게 살아. 나중에 다 갚을 거라고 하면 수긍한다. 사용하는 말뿐 아니라 사고가 유연해지는 데는 주변의 자극이 필요하다. 계속 끊임없이 세상이 바뀌고 있다는 걸 느껴야 하는데, 그것도 사실은 열린 마음 위에서나 가능하다. 나이가 들면 생각이 고정되어 라이프 스타일의 변곡점을 만드는 것도 쉽지 않고, 바꿀 수도 없다. 조금씩 세상이 달라지는 걸 무시하지 않고, 고집부리지 않고 살아가는 건 아마도 본능적인 감각일 거다. 본인에게 편한 것을 취하고, 옳고 그름을 분별해낼 줄 아는 감각 같은 것.

나의 미래는 엄마와 맞닿아 있으면 좋겠다. 외할머니를 닮아가는 엄마의 모습처럼. 그렇다면 위트와 센스를 늘 장전하고 있는 할머니가 되고 싶다. 한번을 말할 때도 조금은 독특한 표현을 쓰고, 남다른 생각을 할 줄 아는, 감각만은 나이 들어도 낡지 않으면 좋겠다. 아마도 그건, 꾸준히 책과 신문을 읽고, 세상을 궁금해하는 호기심을 잃지 않는 것에서 시작되겠지만.

잇츠
마이스타일

우리가 본격적으로 만난 지는 2~3년 정도밖에 되지 않았다. 자주 보지 않으니 그렇겠지만 나 좀 당신에게 서운해질 때가 있다. 내가 아무리 좋댓구알을 열심히 하지 않는다고 쳐도 나를 너무 모른다. 요가와 베이킹, 살림 고수, 외국살이, 유명인을 살펴보지만 정작 자주 보는 채널은 시시때때로 달라진다. 그런데 당신은 내게 찰떡이라고 보여주는 콘텐츠들이 너무 성의가 없다. 섭섭해진다. 언제쯤 내게 꼭 맞는 취향 채널을 알려 줄까. OTT 업체나 유튜브너나 할 거 없이 심란하다. 알고리즘이란 녀석은 아직도 내 마음을 파악하기는 멀었다. 서운함은 털어내고 알고리즘보다는 친구에게 소개받거나 채널 속의 다른 채널을 소개받는다. (아무래도 사람이 최고다!)

정갈하다 못해 광고 속에 사는 듯한 살림 고수들의 유튜브를 보며 실내 자전거를 타다 보면 '어, 저 정도는 나도 할 수 있겠는데' 같은 사뭇 위험한 도전 의식이 생겨버린다. 연예인의 유튜브는 관찰자적 시선을 갖지만 일반인의 유튜브를 보고 있으면 잠시 잊는다.

'저 이케아 행주! 저거 사야겠어. 저 핸드믹서만 있으면 맛있는 콘수프가 뚝딱 나올 거 같아. 저 의자 내 방에 놓으면 책 읽을 때 편하겠어. 잘 어울리겠는데. 좋아!'

이런 욕망이 찾아오면 재빨리 영상에서 빠져나와야 한다. 손끝에서는 이미 그 채널에서 소개해 준 링크를 따라가고, 주문 버튼을 누르기 일보 직전이다. 스으읍. 인간이 그렇다. 사고 보면 내 방에는 턱없이 큰 의자일 게 분명하고, 핸드믹서는 딱 한 번 사용하고 (그것도 사용하면 다행) 고이 넣어 버릴 게 분명한데 사람을 홀리고 취향을 은근슬쩍 강요하는 마법 주문이 따로 있을까? 요즘의 마법사들은 유튜버들이다.

카피 쓸 때마다 라이프스타일이란 말을 싫어하면서도 자주 썼다. 당신의 라이프스타일에 꼭 맞는 공간이라든가! (내가 당신에 대해 뭘 안다고 손가락을 놀렸는지 미안합니다.) 라이프스타일의 새로운 기준이라든지(기준은 제가 정하는 게 아닌데요. 그죠?) 하도 라이프스타일을 써서 내 머릿속 그 단어는 툭 하고 치면 훅하고 내뱉는 말이었다.

그러나, 정작 나의 라이프스타일이 전혀 그려지지 않았다. 예전에는 잡지를 보고 사진을 찍어 두거나 스크랩했었다. 만약에 결혼해서 내 살림을 살게 되면 방은 이렇게 꾸며야지, 주방은 이런 느낌이면 좋겠다. 같이 막연한 구상을 하곤 했었는데, 큰 그림만 그렸었지, 세부적인 디테일을 단 한 번도 염두에 두지 않았었기에 뭘 산 적도 없고, 관심을 둔 적도 없다. 나의 취향은 ~이다라고 정의할 수 있는 이들이 몇이나 될까? 음악 취향, 음식 취향, 확고한 사람들이 부럽다. 이리저리 흔들리기 십상이고, 유행하면 금세 따라 하지는 않지만, 그래도 취향이 확고하지 않다.

오래된 낡고 작은 아파트에서 조금 큰 집으로 이사하고 난 후 숙제처럼 의식주 전반에 걸친 고민이 생겼다. 남의 걸 따라 사고, 따라 해 먹고 그러다 보면 내 것은? 과연 고유의 내 것이 있나. 잡지, 방송, 유튜브 등의 취향 모음집을 보면서 타인이 권유하는 그들의 사는 법을 나의 걸로 만드는 과정에는 적잖은 실패와 배신과 음모들이 기다리고 있었다. 그리하여 나의 스타일을 찾는 건 시간과 품이 많이 든다. 그 지난한 시간이 지나고 남을 따라 하지 않고도 내 것이라 할 만한 것이 생겼을 때 비로소 스타일이 조금 손에 잡힌다.

물건은 의외로 잘 썩지 않는다. 아직도 우리 집 주방에는 20년은 족히 되어 보이는 행주가 한 스무 개 잠들어 있고(이케아 행주 못 살듯) 남대문 시장에서 사 온 누가 봐도 오래되어 독성은 다 빠졌을 거 같은 무독성 면포가 있으며, 스테인리스 스틸은 변하지도 않는데 손잡이에 십장생도 비슷한 그림이 음각으로 새겨져 있는 수저와 티스푼이 다섯 세트 이상 영롱하게 반짝이며 십장생처럼 살아있다.

사은품은 취향을 잠식한다. 지금 싱크대 안에는 엄마가 사은품으로 받아 놓았던 유서 깊은 냄비들이 번쩍거리고 있다. 언젠가 혹시 결혼할지 모를 딸을 위해 하나씩 더 얻었을 법한 쌍둥이 냄비들을 볼 때마다 냄비의 고향을 유추한다. 백화점 소속인가 은행에서 왔나. 내가 사고 싶은 냄비는 안 사도 냄비가 넘쳐난다. 예전 게 싫으면 요즘 걸로 바꾸면 되지 않냐고 하면, 음. 그거 또한 내가 사는 법이 아니다. 갖고 있는 걸 쉽사리 버리고 싶지 않다. 물건에도 의미가 있으니까. 그래서 나의 취향과 동떨어진 사은품을 주는 걸 싫어한다. 1+1 제품도 꺼리고 있다. 하나 써보고 하나를 사고 싶다. 홈쇼핑에서 3세트 바지나 6종 티셔츠를 합리적 가격으로 모신

다니, 제발 한 장을 사고 싶다고 난. 그건 그렇고, 사은품으로 받은 물건도 쉽사리 정리하지 못하는 스타일이라는 걸 깨닫고 있다.

한때 그림 그리기에 꽂혀 유튜버가 쓰는 연필과 스케치북, 물감과 잉크, 붓을 샀다. 그림은 도구 문제가 아니었고 내가 문제였는데 그걸 사고 나서야 알았다. 그것들은 고스란히 서랍 안에 들어있다. 어느 유튜버가 계량컵은 유리가 좋다고 해서 샀다가 무거워서 조리도구 놓는 통으로 전락했다. 오히려 스테인리스로 된 200ml 계량컵을 자주 이용한다. 그 후로는 모든 걸 섣불리 사지 않는다. 내게 도움이 될 것인가. 질리지 않을 만큼 쓸 수 있을까 같은 고민을 계속해본다.

타인의 취향 엿보기를 하다 보면 우리 집 거실과 주방과 내 방, 서재는 왜 이리 개성이 없나 싶다. 그리고 어디부터 손을 대야 하나 싶기도 하다. 그러다 문득, 이런 분위기가 결국은 나의 취향이자 스타일이라고 결론 내린다. 귀여운 걸 보기는 좋아하지만 정작 사지 않는다. 근사한 소품이나 가구, 그림을 보는 건 좋아하나 구입하지 않는다. 정갈한 분위기를 좋아해서 공간에 물건이 늘어나는 걸 꺼린다. 인위적인 건 싫고 자연스러운 게 좋다 등의 확고한 취향들이 결국 나의 스타일을 만들고 있다. 누군가를 따라 하는 게 아니라 각자의 스타일을 존중하고 유지하고 사는 것이 모두의 라이프 스타일이라는 결론.

衣 | 유행을 타지 않은 편안한 옷차림

　　어지간해서는 새로 사지 않고, 가진 옷 돌려막는 재활용 패션

食 | 요란하지 않으며 자극적이지 않은 손수 만드는 음식

　　맛은 기본만 하고 건강이 우선인 음식

住 | 짐을 최소화한 모던하고 심플한 공간

　　벽에는 그림 한 점 없지만 옷가지를 늘어놓는 인간적인 분위기

이런 나만의 스타일로 오십 대의 의식주를 만들어가는 중이다.

할머니에게도
I형과 E형이
있을 테니까

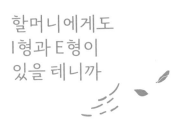

혼자 미용실을 다녀온 엄마는 깔끔해진 머리와는 정반대로 심기가 어수선해 보였다. 캐물어 보진 않았다. 시간이 흐르면 자연스럽게 이야기하겠다 싶었으니까.

나　　머리 잘 나왔네. 고슬고슬하게.

엄마　아니, 오늘도 또, 나한테 몇 살이냐고 물어보는 거야.

　　　도대체 왜 그렇게 나이를 물어보는 건데.

미용실에 있던 할머니들이 엄마를 보곤 또 나이를 물어왔다.

우리나라 노인들은 어딜 가나 궁둥이를 붙이고 있으면 그렇게 서열 정리를 하고 싶은지, 아니면 '너보다 내가 동안이다'를 주장하고 싶은 건지 주야장천 나이를 물어본다.

> 나 몇 살이냐고 물으면, 안 알려줌. 메롱. 이렇게 해. 아니면 알면, 뭐 하려고. 왜 묻는 데라고 쏴주라니까.

엄마는 요즘 말로 극 I형 할머니라 친구도 없고, 사귈 마음도 없어서 경로당도 싫고, 노래 교실도 싫어하고, 외부적인 활동을 극히 싫어한다. 그런 양반이 옆에서 떠벌리는 나이 질문 공격에 꽤 스트레스를 받곤 했다. 미용실은 그래도 가야 하고, 산책도 다니고, 마트도 가끔은 가는데 여지없이 극 E형 할머니들의 무차별 공격에 지치고 힘들었다고 한다.

물론 예전부터 엄마는 그랬다. 나이 들어 보이는 노안이어서 젊었을 때도 누군가 나이를 물어오는 게 싫었는데 나이 들어서도 자꾸 물으니 풀이 죽어서는 짜증이 난다고 어디를 가나 자꾸 말을 시켜서 외출하고 싶지 않다고도 했다. 지하철에 앉아도 말을 시키고, 잠시 쉬어가고 싶어 벤치에 앉으면 갑자기 친구도 아닌데 말을 섞는다고 한다. 엄마는 나이보다 허약해 보이고, 병치레를 많이 해서 겉보기 등급이 낮지 않다. 그래서 더욱더 나이를 묻는 게 싫다는데, 할머니 이젠 처음 보는 할아버지들까지 묻는다. 도대체 개인 정보는 왜 알고 싶은 건지. 진짜 이해할 수 없다. 코로나가 창궐했을 때는 모두 입을 다물고 있으니 괜찮았는데 이젠 그마저도 아닌 상황이 되어버렸다.

나와 같이 산책하러 나가면 그나마 말을 붙이지 않아 좋은데 혼자 나갔다가 잠시 쉬고 있으면 이내 옆에 앉아 "팔십은 넘으셨소? 난 팔십다섯인데"라고 말을 붙인다. 남이 팔십이 넘었든 구십이 되었든 대화의 주제가 나이밖에 없는 건가. 이야기하고 싶다면 다른 주제를 가져와도 되지 않을까? (사람들이 닥치고 가만 있길 바라지만) 말이란 필요할 때 하는 표현 수단 중 하나다.

'어머, 팔십다섯처럼 안 보이고 구십처럼 늙어 보이세요. 나이 많아 좋으시겠어요'라고 답해야 하나? 엄마는 그럴 때마다 자리를 뜬다고 한다. 가만히 앉아서 쉬고 있는데 나타나는 산책길 빌런이다. 남의 마음은 헤아리지 않는 무례한 사람들은 나이와 상관없이 존재한다(극 E형이 다 그렇게 무례하다는 건 아닙니다). 나이를 먹는다고 갑자기 예의 바르고 좋은 어른으로 늙어가는 것은 아니다. 나이를 먹어가며 본인이 깨달아야 하는데 그게 쉽지 않을 것이다. 늙어가는 걸 각성하지 않고 우리는 나이를 먹고, 우리 그 자체로 늙어가기 때문에 변하지 않는 거다.

삼십에는 사십의 나를 상상했는데, 사십에는 할머니가 된 나를 떠올려본 적이 없었다. 이제는 육십 대와 칠십 대의 나를 꺼내어 본다. 극I형인 나는 내가 주도적인 상황이 되면 말을 잘하고 언쟁도 불가피하다 싶으면 공격적으로 변하지만, 평온한 상태에서는 누군가에게 먼저 말을 걸지 않는다. 필요하지 않은 말을 시작하는 건 MBTI를 굳이 거론하지 않아도 성향의 차이다. 모든 사람이 사람에게 말을 섞고 짧은 순간이나마 이야기를 나누고 싶어 하지 않는다.

아마도 지금의 오십 대가 나이 들면 당연히 바뀔 분위기라고 여기지만, 분명히 그때도 극E형 할머니, 할아버지들이 있을 것이고, 나처럼 극I형 할머니도 있을 것이다. 나이 든다고 내게 없던 전혀 다른 점이 출몰하지는 않을 것이다. 나이 든다고 전혀 다른 성격을 갖게 되지는 않을 것이고, 내향적이거나 외향적인 성향도 쉽게 변하지 않을 것이다. 제발 각자의 개성을 존중해주는 이 시절이 이어지길 바란다.

칠십 대를 넘어가면 '처음 보는 타인의 나이가 궁금한 호기심병'이란 질환이 모두에게 전염병처럼 찾아오고 사람들 사이에서 유행처럼 번지고 있다면 미리 준비할 거다. 누군가가 나에게 "몇 살 이슈?" 물으면 세상 까칠한 눈빛으로 낮고 조용하게 "그건 왜?"라고 답할 준비가 되어 있다.

달팽이처럼
천천히

아르바이트에 필요하다는 핑계로 개통하고는
술 약속에 더 많이 써먹었던 삐삐.
플립형 핸드폰으로 다시 폴더형으로 새 제품이 나오면
바로 새것으로 옮겨갔습니다.
지금보다 더 빨리 세상이 바뀌던 시절이었어요.

10년 전 여행 다닐 때만 해도
아령보다 무거운 디지털카메라를 목에 걸고 다녔지만
이젠 스마트폰 카메라로 동영상까지 찍게 되었습니다.

최신 기술의 결정체들을 사용하고 쓰고 버리고 갈아타기를

무한 반복하며 놀라워하고 익숙해지고

다시 더 나은 걸 기대합니다.

인간의 발명은 인간의 욕심보다 앞서고 있습니다. 분명히.

딱히 필요하지 않을 거 같은 게

자꾸 우리 앞에 모습을 드러냅니다.

키오스크나 셀프 계산대 같은 것들요.

왜 내 돈을 내고 내가 계산하는 걸까요?

대형마트 무인 계산대를 이용하며 드는 생각입니다.

아무리 생각해도 이해가 안 가요

제가 일일이 물건들 옮기면서 계산한다고

1퍼센트라도 깎아주나요?

대형마트 셀프 계산대는 진짜 별로입니다.

제가 키오스크에서 처음으로 영화표를 사던 날이 떠오릅니다.

라라랜드를 보고 싶어 건강검진을 마친 후에

평일에 혼자 영화관에 갔습니다.

당당하게 키오스크 앞에서 구매하고 카드를 넣는데

결제가 계속되지 않았습니다.

돈을 주겠다고 해도 돈을 받지 않겠다는 차가운 기계

앞에서 당황 지수가 올라가 귀까지 빨개지고 있었어요.

얼굴이 홍당무가 되어갔습니다.

평일이라 그런지 매표소에는 단 한 명의 직원도 없었습니다.

자리를 옮겨 가며 다른 키오스크를 두드려도

결제는 안 해주었고요.

결국 아르바이트 직원이 와서는 제 카드로 천천히 단말기를

통과시켰습니다.

그 후로 셀프계산대 트라우마가 생겨 완치되기까지

오래 걸렸죠.

내가 별로라고 해도 기술 발전의 집합체들이 나타날 겁니다.

나이는 들고, 아무리 안 쓰고 버티겠다고 하더라도

어쩔 수 없이 적응해야 하는 순간이 오겠죠.

어떻게든 따라가야겠지만 천천히 하고 싶습니다.

편리함을 앞세워 피곤함이 동반되는

기술의 발전이 가끔 마뜩잖거든요.

꼿꼿하고
유연하게

장을 보러 오랜만에 엄마와 길을 나섰다. 엄마는 걷는 게 예전 같지 않아 천천히 보조를 맞추려면 내 속도를 줄여야 한다. 그런데도 산책 쇼핑은 즐겁다. 언제까지 다닐 수 있을까, 는 생각이 훅 들어오면 괜히 길가 나무로 시선을 옮긴다. 흐드러지게 피어서 찬란하게 반짝이는 장미 넝쿨을 언제까지 우리는 같이 볼 수 있을까. 왜 나는 무언가에 홀려서 지난 시간을 탕진해 버렸나 씁쓸하다. 그래도 오십이 넘어 정신을 차렸으니 다행인 건가.

목적이 없으면 산책하러 나가는 걸 귀찮아해서 늘 뭔가를 사러 가자고 하는 편이다. 열무 한 단과 얼갈이 한 단을 사러 가는 길. 건널목을 걸어가시던 할아버지 한 분이 먼저 건너서는 버스정류장에 앉아계셨다. 그러고는 우리 둘에게 손짓하셨다. 할아버지들은 잔소리하거나 욕을 하는 분들이 많아 말을 시키면 우선은 움츠러들게 마련인데 그 할아버지는 말소리부터가 달랐다. "어서 여기 앉아봐, 따뜻해." 온열 의자가 따뜻하다고 앉아서 쉬었다 가라고. 그 말 한마디가 처음 만났는데도 살갑게 느껴졌다. 엉덩이의 따뜻함이 얼굴까지 전해지는 기분이 들어 우리 둘은 나란히 앉아 이야기를 나눴고 할아버지는 금세 자리를 뜨셨는데 어디로 갔는지 이리저리 둘러봐도 없었다. 꼭 유령처럼 사라져 버렸다. 그날의 따뜻한 공기와 기이한 느낌에 기억이 더 또렷해지던 순간. 나이 들어 버스정류장의 의자에 잠시 쉬어야 할 순간이 온다면, 그 할아버지처럼 따뜻하고 멋진 이가 되어야지.

이와 반대로 지하철을 타고 출퇴근할 때마다 노인들의 억지와 폭력적인 언사로 기분 나빴던 경험이 꽤 있다. 앉아서 졸고 있던 나는 뭐라고 하는 소리에 눈을 잠시 떴는데, 지팡이로 내 다리를 치는 노인네를 목격하고야 말았다. 그때는 젊은 여자라는 이유로 제일 만만해서 그랬을까? 앞이며 옆에 자리도 많았다. 왜 내가 앉아 있던 자리가 좋아 보였나? 아침에 기분이 정말 좋지 않았던 그날이 떠오른다. 일부 노인들이 젊은이들의 노인 혐오를 조장하는 셈이다. 아무에게나 괜한 트집을 잡으며 뭐라고 말을 붙이고는 알아듣지도 못하는 말로 고함을 치는 어르신도 보았다. 사람들의 배려를 권리인 줄 착각하는 분들도 많다.

노인의 삶을 그려본 적이 극히 드물고, 한 치 앞도 모르면서 미래를 계획한다는 건 괜히 부지런히 움직이는 거 같지만, 하지 말아야 할 것들은 하나하나 기억해서 실천하고 싶다. 나이 들어 누군가와 교류하고 싶다면 일방적인 꼰대 같은 권유가 아니라, 이유 있는 말을 건네고 싶다. 나이를 먹은 노인이라고 무례해도 괜찮을 거라는 무지함이 내 안에 싹트지 않기를 바란다.

엄마와 영화관에 갔던 때였다. 점심을 먹으러 식당에 들어갔는데, 반백의 할머니 한 분이 혼자서 자리에 앉아 주문하는 모습을 보았다. 꼿꼿하고 당당했다. 짜장면 한 그릇을 말끔히 드시고 자리를 뜨셨다. 그때부터 혼밥하는 젊은이가 아니라 혼밥하는 어르신들이 눈에 들어오곤 했는데, 특히 백화점 지하 푸드코트에서는 혼자 식사하는 어르신들이 많았다. 비 오는 날 장우산을 지닌 할아버지는 단정한 옷차림에 내게 그 우산이 넘어질까 봐 미리 신경을 써서 옆에 잘 세워 두고 불고기백반을 평온한 표정으로 누구의 눈치를 보지 않고도 맛있게 드시는 모습을 힐끔거리며 지켜봤다. 몸에 배어 있는 애티튜드가 멋졌다. 혼밥이 싫다고 굶고 허기진 채돌아다니는 모습이 아니라 당당히 식사하고 걸어 다니는 어르신을 보는 것만으로 내 배가 부르는 것처럼 좋았다. 어디서나 주눅 들지 않는 노인을 보면 나의 노후를 슬쩍 겹쳐보곤 한다.

TV 프로그램 〈순간 포착 세상에 이런 일이〉의 피디들은 극한의 직업이 따로 없는데 특히나 온갖 동네 쓰레기를 모아 집을 가득 채운 곳에서 그 쓰레기를 다시 침대 삼아 사는 할머니에게 찾아가 말을 걸어야 하고, 조현병을 앓고 있어 어디든 가지 않겠다고 지정된 곳에서만 텐트를 치고 소리 지르고 노숙하는 할아버지에게 다가가 두유 한 박스를 건넨다. 끼니를 때우지 못하는 노인에게는 먹고 싶다는 갈비탕을 흔쾌히 사주고. 애정인지 의무인지 밥벌이 때문이라고 해도 쉽게 할 수 없을 대화를 이어갈 때면 저런 노인은 되지 말아야지 하다가 끝날 즈음엔 저 피디의 애정 어린 시선과 제작진이 매일 찾아가는 성의가 대단해 보인다.

결국에는 쓰레기 집안으로 피디를 초대해 커피 한 잔을 주고는 피디의 설득에 고개를 끄덕이며 쓰레기를 모조리 버리는 데 찬성하고, 피디의 설득에 텐트 생활을 청산하고 정신병원에 치료받으러 들어간다. 그렇게 마음을 여는 노인의 모습을 보며 깨닫는다. 외로워서 쓰레기를 모으고, 관심을 받고 싶어서 이웃에게 화를 내고, 아프다고 소리치느라 억지를 부렸던 거구나. 내 노후에 고약한 노인네가 되면 어떡하나. 정신을 놓고 저장강박증이 생기면 어쩌나 그런 걱정이 들 때면 나를 돌아본다. 육신의 건강도 중요하나 정신건강이 중요하다는 걸 간과하지 않으려 한다. 혼자 나이 들고,

혼자 늙어가는 삶을 선택했으니 외로움에 대처할 수 있으면 좋겠다. 혼자서도 즐거우면 좋겠고, 내 옆에 친구들과 함께 조금 외롭고 크게 행복하길. 세상의 중심에서 사랑을 외치지 말고, 세상 한가운데서 외로우면 외롭다고 외쳐야지.

럭키삐에로의
할머니 크루

홋카이도에는 영화 <러브레터>의 촬영지 오타루와 설국의 배경인 삿포로, 3대 야경에 손꼽는 하코다테가 있다. 그리고 그중에 하코다테에는 '럭키삐에로'라는 햄버거집이 있었다. 검색해보니 지금도 건재하다. 우리가 여행을 갔을 때보다 지점은 훨씬 늘어났고, 여전히 성업 중인 듯. 다행이다. 추억이 강제 폐업 당했을까봐 조마조마했다.

우리가 찾았던 매장은 'Lucky Pierrot Jujigai Ginza branch' 점이었는데 1층에서 주문을 하고 사다리와 흡사한 직각 계단을 올라가야 2층에서 식사가 가능한 구조였다. 1층 계산대에서 손짓·발짓을 하며 가장 유명하다는 버거와 기본 버거를 주문했다. 버거가 나오면 받아서 올라가고 싶었지만, 할머니 크루는 자꾸 손짓으로 우리를 올려보내고 싶어 했다. 가파른 계단을 올라 자리를 잡고선 잠시 숨을 돌렸다. 해외여행의 낯선 긴장도 잠시 누그러졌다. 그때가 크리스마스 무렵이었는데 매장 곳곳에 빼곡하게 채워놓은 크리스마스 소품들로 겨울 여행의 낭만이 이미 포화상태였다. 오르골, 루돌프 인형, 산타클로스 인형들 때문에 심심하진 않았으나, 보다 보니 환 공포증 비슷한 기이한 기분이 들었고, 먼지는 어떻게 털어야 하는지 같은 근본적 질문이 드는 시점에 계단 출입구에서 천천히 모습을 드러내는 버거와 할머니 크루의 모습.

　다리가 조금 불편해 보이는 할머니는 그 무거운 쟁반을 들고 우리 테이블로 왔는데, 쟁반을 받으러 몸을 일으켰으나 고개를 저으며 우리 테이블에 손수 쟁반을 내려놓으셨다. 그 시간에 우리는 작은 목소리로 이렇게 외친 거 같다. 그냥 셀프 서비스로 해주세요. 그게 마음이 편하겠어요. 네? 진동벨 그거 좀 설치해요.

　그 이후 나는 그 할머니 크루들의 모습이 머릿속에 각인되었다. 누구나 가능하면 일할 수 있는 매장이 있구나. 부러웠다. 큰 도시로 젊은이들이 떠나고 노인들이 많은 소도시라서 그런지 직원이 거의 할머니들이었다. 이미 고령화 사회가 시작된 일본이라 그랬는지 우리가 여행 중에 가는 미술관이나 박물관의 모서리에는 젊은이가 아닌 나이가 지긋한 노인이 오도카니 앉아 있었고, 그 뒷모습만으로도 분위기가 아늑하고 포근했다.

할머니가 되면 나는 어떤 일을 할 수 있을까 상상한다. 럭키삐에로의 할머니들처럼 무릎이 아파도 수제버거를 고객에게 웃는 얼굴로 서빙할 수 있을까? 아니면 박물관에 앉아 오도카니 사람들을 관찰하며 그림을 지킬 수 있을까?

무엇보다 나는 가짜 노동이 아닌 진짜 노동을 하고 싶다. 책 《가짜노동》을 읽고, 다시금 세워본 일에 대한, 노동에 대한 기준이다. 꽤 오랜 시간 나의 일을 애정했고, 최선을 다했다. 그래서 떠날 때는 어떤 아쉬움도 섭섭함도 미련도 없었다. 다시 거짓말을 해대는 일을 하고 싶지 않았고, 내 일의 70퍼센트는 진짜 일이 아닌 가짜 노동에 속했다는 걸 깨달았기 때문이다. 보스에게 보여주기식, 광고주가 시키는 무한 삽질의 반복, 시시때때로 벌어지는 자잘한 트러블은 대세에 지장이 없음에도 영혼을 파고드는 칼날이 되었고, 영양가도 의미도 없는 수정의 무한 쳇바퀴 속에서도 멀미하며 결국엔 이겨내고 결과물을 만들고는 자신을 위로했던 작은 성과들. 그조차 누군가에게 도움이 되거나 감동을 주지 않는 것들이라 늘 찜찜했었다. 세상을 움직일 만한 거대한 비즈니스에 종사한 것도 아니고, 사람들 속에서 몸을 쓰며 공익을 위해 때론 세상을 위해 일하지도 않았다. 손가락으로 타이핑을 하며 머릿속으로 생각과 생각을 거듭하며 내놓는 결과치가 긍정적인 메시지나 재미가 있는 게 아닌, 어떻게든 꼬드겨 소비자의 주머니를 털어가는 광고였으니 일을 그만두고 나서야 '일'에 대하여 고민했다. 좋아하는 일로 돈을 벌면 가장 베스트라고 하니까 아마도 크게 좋아한 게 아닌데도 좋아한다고 스스로 믿었을 수도 있다. 재밌는 거라고 착각했는지도 모른다. 내가 했던 일들은 거의 다 공중으로 흩어지는 거였는데, 그 속성이 좋아서 오래 했고, 이제 남은 인생은 뜻깊은(너무 거창하다) 일을 해보고 싶다. 그게 어떤 장르든.

반성은 그만하고 노년의 일에 대해 고민만 무성했는데, 숲을 좋아하니 숲해설가 되어볼까? (나 벌레 싫은데.) 걷기는 자신 있으니 걷기 가이드? (누가 할머니랑 걸을까?) 작은 빵집을 열어볼까? (기술자는 내 사주에 없대, 만들지 마.) 어린이에게 글쓰기를 가르쳐줄까? (아이 안 좋아하지, 참.) 똑 부러지는 답을 도출하지 못했다. 돌봄 생활 속에서도 노후를 준비해야 할 텐데, 흘러가는 대로 산다고 해도 방향키 정도는 가지면 좋겠는데 소풍의 하이라이트, 보물찾기처럼 소수만 찾게 되는 건지, 내겐 영 쉽지 않다.

우리나라는 노인에 대한 일자리가 드물고, 노인이 일하는 걸 안타깝게 보거나 안쓰러워한다. 누구나 지는 노을을 좋아하지만, 지는 사람은 지나치고 싶어 한다. 힘들고 지치고 환영받지 못할 노인의 삶이기에 우리가 모두 그렇게 될 것 같은, 미리 만나고 싶지 않은 인생의 스포일러라 그런 거 같다. 오늘도 실눈을 뜨고 노인들이 움직이는 삶의 궤적을 본다. 단지 내에서, 지하철에서, 병원에서, 어디든 만나는 미래의 나를 본다.

아닌 척해도 오십,

그래도
잘 지내보겠습니다

5

(관
계) 모든 문제의
원천일 거야

나에게 넌 어떤 의미였을까
너에게 난 어떤 존재였을까
사람 사이에 상처를 주었거나,
상처를 입은 건 회복이 쉽지 않습니다.
아무래도 다정함 연고가 있음 좋을텐데
다정함이 남아도는 분, 나눔 좀 어떻게 안 될까요?

깔딱 고개
구간

아마도 그럴 것이다.

내 엄마를 이해하는데 자주 꺼내 드는 문장이다. 일상에서는 활용이 힘든 문장이고, 확실한 화법을 즐겨 쓰는 내게는 무척 어색하다. 정확과 까칠함이 내 삶의 모토라서 아마도 엄마가 아닌 타인이라면 '그러든가 말든가'로 마음을 굳히거나 아예 신경을 꺼버릴 텐데, 명색이 딸이라 마음을 헤아리는 척은 해야 할 거 같아 저 문장을 곱씹는다. 괜히 '아우, 나였으면 저러지 않을 텐데' 하며 잠시 멈춤을 하거나 솔직한 의견과 나의 감정을 실어 말을 하는 순간 분위기는 살벌해진다. 최소한의 감정을 누그러뜨리고 '아마도 그럴 것이다' 문장을 마법 카드라 생각하고 꺼낸다. 오늘 아침밥을 먹으며 이가 아픈데도 치과에 가지 않고 꾹꾹 참는 모습을 보면서 나는 '당장 가자'라고 큰소리를 내는 대신에 이 문장을 꺼내어 머릿속으로 곱씹었다. '아마도 무서워서 그럴 것이다'라고.

※ '그럴 것이다'의 용례

1. 이모는 아프지도 않고 약도 한 알 안 먹는데, 왜 나만 이러는 건 ~ 이야기가 길어질 때

: 아마도 아프고 힘들고 건강한 이들이 샘나서 그럴 것이다.

2. 김 아무개네 자식은 뭘 하기만 하면 잘 되는지 돈을 잘 번다더라, 결혼을 안 해도 돈만 있으면 걱정 없어.

: 아마도 아무개가 부러워서 그럴 것이다.

3. 대충 먹자. 아침에 국 안 끓여도 돼.

: 아마도 내가 힘들까 봐 그럴 것이다. 국도 필요하고 새 반찬도 필요해.

'~그럴 것이다'를 떠올리다 그 이유를 나한테로 돌리면 타격감이 생길 수 있는데 나는 맷집이 좋은 편이라 2번의 케이스를 들으면 반격한다. "왜 박 작가 사돈어른은 심심하면 빌딩 보러 다닌

대. 우리 주변에는 사돈에 팔촌까지도 어째 빌딩 하나가 없어"처럼 세게 안타를 친다. 아마도 당분간 부러움은 사라질 것이다.

부모와 자식의 관계는 가보지도 않은 에베레스트 등반과 비슷하다. 집 앞에 있는 앞산이나 뒷산의 등반 과정을 떠올려도 좋겠다. 살면서 한 번쯤은 등산을 싫어해도 끌려가 봤을 테니 그 과정을 복기해본다. 등산 초반에는 누구나 신이 난다. 아이를 키우는 것과 비슷한 것도 같다. (아이를 안 키워 봐서 하는 소리겠으나) 자식 노릇이라는 것도 하다 보면 가끔은 뿌듯함이 밀려오기도 하고 뭐든 초반에는 신기하고 재밌으니까. 산에 오르고 오르다 보면 힘이 든다. 가끔 쉬고 싶지만 잠깐 쉬는 건 별 도움이 안 된다. 산세는 험난하고, 소란스럽다가 정말 가끔 감동을 주었다가 찾아오는 정적 덕분에 그럭저럭 유지된다. 그러다 노인이 되어 버린 부모와 중년의 자식, 관계는 또 한 번의 고비를 겪는다. 일종의 깔딱 고개 구간이 기다리고 있다.

사람은 나이가 들면 서러워지고, 보호받고 싶어진다. 배우자가 없다면 강도가 심해지고, 지금 당장 죽는 게 아니라 해도 문득 찾아오는 불안감과 병으로부터 지켜내고 싶은 날들이 있다. 여기에 중년이 되는 자식 또한 온갖 걱정들이 좀비처럼 몰려든다. 몸이 예전 같지 않고, 앞으로의 노후도 갑자기 걱정된다. 그런데 노년의 부모는 중년의 자식을 걱정하지도 간섭하지도 않는다. 다만 부모는 자식으로부터 관심받고 싶어 한다. 역할이 바뀌는 구간이다. 깔딱 고개에서 부모들은 나는 이 산을 더 이상 오를 수 없으니 업으라고 한다. 이럴 때 자식들은 무조건 업어야 한다. 우린 어부바의 민족 아니겠는가.

이럴 때 꺼내는 나만의 부사가 있다. 바로 '어차피'다. 이렇게 하든지 저렇게 하든지, 또는 이렇게 되든지 저렇게 되든지 뜻을 가진 부사지만 내게 '어차피'는 할 거라면 그냥 하는 게 낫다는 쪽의 긍정 부사다. 어차피 내 부모라면 잘해 주는 게 낫겠다. 어차피 부모가 아닌가. 호적을 팔 수도 없고 고려장을 할 수도 없는 부모. 어차피 돌봄을 시작했으면 못 하기보다는 잘해보자!

둘이 살았다고 관계가 매우 우호적이고 살갑고 친구처럼 잘 지내왔을 거라고 예상이 되겠지만, 100퍼센트 그렇진 않다. 소소한 싸움과 말다툼과 작은 전쟁들이 일어났다가 소강상태를 겪었다가 말 없는 화해를 했다가 평화를 찾기까지는 적잖은 시간이 흘러야 한다. 부모를 다 이해할 수 없고, 부모도 자식을 온전히 이해하지 못한다. 돌아가신 외할머니는 끝까지 암 투병을 하고 있던 엄마의 돌봄을 받고 싶어 하셨다. 부모라고 자식에 대한 헌신이 기본이지 않다. 오히려 상황에 따라 자식에게 더 의지하고 기대는 부모도 많다.

아픈 부모를 모시고 있지 않아도, 부모와 자식의 관계는 누군가 대신할 수 없다. 각자의 관계 속에서 각자의 방식이 있을 뿐이다. 효녀 코스프레로 살아온 내 경우를 일일이 거론하지 않겠지만, 코스프레라도 나중을 위해 내 마음 편하게 하자고 하는 이벤트였다. 그거라도 있지 않았다면 우리는 현재를 살 수 없었을 것이다. 시간을 쪼개서 국내 곳곳을 다녔고, 겨울에도 여름에도 일본 온천을 다녀왔으며, 만리장성에서 뒤통수치는 사기꾼 가이드를 만났고, 건강이 허락하는 때까지 여기저기 여행을 다니며 이런저런 추억의 부스러기를 모았다. 혼자여서 독박 효녀 노릇을 해야 했지만 그것 또한 나 좋자고 한 것이 대부분이었다.

부모와 자식이 함께 등산하다 맞닥뜨려 버린 깔딱 고개 구간은 피할 수도, 건너뛸 수도 없다. 엄마와 나는 이제 추억도 들추었다가 조금 앞날의 계획도 세웠다가 앞서거니 뒤서거니 하며 팔짱을 낀 채 걷는다. 이 길이, 이 고개가 백 년, 만 년 이어지지 않는다는 걸 우리는 은연중에 알고 있다.

전성기와
부등호

　초등학교 시절, 2년 동안 의정부에서 살았다. 논도 있고 밭도 있는 시골이었는데 논두렁을 요리조리 걸어가면 학교 가는 길이 조금 빨랐다. 장마철 비 오는 날 등굣길에 난 겁도 없이 논과 논 사이의 논두렁에 진입을 시도했다. 몇 발짝 걷지 않았는데 스트랩이 달려 있던 구두를 신은 발이 진흙에 빠져 버리고야 만다. 비는 쏟아지고, 아무도 나타나지 않고 사방을 둘러봐도 논이었다. 나는 우산을 쓴 채 서서 울었다. 내 발이 도저히 내 힘으로 떼어지지 않아서. 바닥에서 끌어당기던 그 힘을 잊지 못한다. 진흙탕이란 그렇게 질기고도 더럽게 힘이 센 곳이다. 어떻게 나왔는지 나온 기억은 없고 운 기억만 남아있다. 지금 나의 현 상태는 가끔 그때와 비슷한 게 아닌가 싶어 발바닥을 보곤 한다. 너무 비약인가 싶지만.

도를 닦듯이 수련하며 한 우물을 파는 사람들이 있다. 나 같으면 빨리 우물을 빠져나와 다른 우물을 파거나 아예 생수를 사 먹겠다 싶지만, 물이 언젠가는 나오겠지. 라는 불굴의 의지로 한 땀 한 땀 파는 이들. 그 간절함이 하늘에 닿아 물이 솟아오르기 시작하면 우물은 이제 마르지 않는 샘이 된다. 컴컴한 우물을 파고 또 파는 과정을 옆에서 십수 년을 봤으니까, 물줄기가 터지는 순간에 나는 진심으로 축하할 수 있겠다 싶었다. 아니었다. 그렇게까지 난 성인군자가 아니었다. 설사 그 축하하는 마음을 갖고 있다 해도 절반은 부러움과 시기와 질투가 공존한다. 그리고 기저에는 나의 무너지는 자존감이 자갈처럼 깔려 울퉁불퉁하게 덜그럭거렸다.

이제는 성공한 친구들이 내게 생겼다. 하필이면 내가 이러고 있을 때. 아이러니하게도. 내가 백수가 되었을 때 그들은 수입이 늘어났고, 작업실을 갖게 되었으며 만나는 사람들이 달라졌다. 언제든 친구들이 유명해지고 성공하면 옆에 딱 붙어서 살겠다고 말은 했지만, 진짜 그 상황이 되자 처신하기가 어려웠다. 나는 졸지에 하던 일을 접고 주부로, 돌봄을 책임지는 역할로 존재의 허무함이 요동쳤고, 불안이 엄습했으며 타인과의 비교는 안 하는 성격이라고 자신을 다독여도 사람은 사람이라(내가 강아지나 독수리는 아니니까) 잘된 친구들이 한편으로는 좋았고, 한편으로는 껄끄러웠다.

친구들끼리도 전성기는 동시에 찾아오지 않고, 같은 기간 지속하지 않는다(난 아직 전성기가 오지 않았다고, 지나갔다고 제발 말하지 말아줘). 누군가 상황이 좋아지면 다른 이는 겨울의 시간이 되는 걸, 예전엔 미처 감지하지 못했다. 좋은 일은 계획대로 오지 않아도 서프라이즈처럼 신나고 좋을지 모르지만 나쁜 일은 엉망진창을 딛고 신이 정교하게 계획적으로 만들어 놓은 트랩 위를 걷는 것처럼 뻥뻥 터지며 온다는 걸 알게 되었다. 대비와 준비를 하는 시간조차 주지 않고.

지난날, 내게 행운의 여신이 미소를 한번 날려줘서 좋았다면, 분명히 다른 편에서는 울고 있는 이가 있다는걸, 그때는 잘 알지 못했다. 오십이 되어서야 촌스럽게 오만했던 나를 꺼내어 본다. 그러나 그다지 잘 나갔던 적은 없었으니, 반성은 짧게 하자. 진짜로 대박 인생이었다고 여기면 곤란하다.

어른이 되어 시작된 관계는 어른스럽다. 그리고 어른의 관계가 지속하려면 균형이 이뤄져야 한다. 전성기가 늦게 찾아온 사람도 일찍 전성기를 만난 사람도 주변 사람에게 부러워하고, 질투하고, 겸연쩍은 시간을 지나 진심으로 축하를 준비할 여유를 주어야 한다. 깔끔하게 관계를 지속하는 힘은 적당한 관심과 적절한 무관심이다.

이제 나는 잠시 주저앉아 있는 나를 인정하게 되었고, 친구들이 더 잘 되길 바란다. 더 유명해지고, 더 승승장구해서 셀럽이 되어 옆에서 콩고물이라도 떨어뜨리면 주워 먹어도 좋겠다. 제발 꾸준히 돈과 성공을 움켜쥐고, 빌딩도 세우고, 중정이 있는 멋진 주택을 올리면 그 한 편에 세를 들어 살아도 좋을 거 같다. 다만, 그들이 나를 내칠까 봐 그게 걱정이긴 하다.

지난 봄, 혼자 점심 먹는 시간을 함께한 일본 드라마 〈오늘 저녁은 스키야키야〉는 전혀 다른 스타일의 두 친구가 한집에서 살면서 그려가는 소소한 이야기다. 드라마를 보며 이상적인 친구 관계에 대해 생각했다. 시기와 부러움이 연료가 되어 유지되는 관계가 있다. 한쪽의 마음고생이 예견되는 관계다. 그래도 서로 자극을 받고 윈-윈이 되기도 한다. 또는 무한한 애정과 배려로 유지되는 관계도 있다. 그러나 역시 속을 들여다보면 애정을 괴고 있는 디딤돌도 흔들리는 사람의 것이라 한쪽의 디딤돌이 삐끗하는 순간 기울어지는 한계가 있다. 그렇다면 평등한 관계는 어떤 형태일까? 과연 이상적인 관계가 지구상에 존재하긴 할까? 사람과 사람 사이의 관계에는 등호는 없고, 부등호만 있는 것 같다. 부등호의 방향이 왔다 갔다 할 뿐.

소울메이트의 이면

나 혼자 소울메이트라고 생각하는 친구가 있다. K는 고등학교 1학년 때 만났고 그 후 3년 내내 같은 반이었다. 대학에서 수학을 전공한 K는 결혼해 영국으로 건너가 아이를 낳고 지금은 수학 선생님으로 학생을 가르치며 살고 있다. 근 20년 동안 1년에 한 번씩 꼬박꼬박 여름방학을 한국에서 보내러 온다. 올해도 어김없이 그녀가 왔다.

7호선 지하철 역사 내에서 1년 만에 뒷모습을 보고도 한 눈에 알아볼 수 있었다. 4주 동안 뜨거운 서울살이를 하러 오는 K와 3~4번 만나고, 1년 동안 풀지 못한 이야기를 늘어놓는다. 누구에게도 속 시원하게 말하지 못하는 가족 이야기와 시시콜콜한 감정의 앙금 이야기, 어쩔 수 없는 관계에서 벌어지는 것도 입 밖으로 꺼내어 풀어놓는다. 어제 본 사이처럼 수다는 쉼 없이 이어진다. 그러다 MBTI에 대해 말이 나왔다.

너는 MBTI가 뭐냐? 후배가 간단하게 테스트해서 알려줬는데….

난 몇 번 사람들의 물음에 답할 때마다 내 MBTI를 외우지 못해서 이미지 캡처를 뒤지곤 했는데 역시 K도 메모장을 열어 보여 줬다. 4가지 중에 딱 하나, 내향적인 것만 같고 나머지는 우리 둘이 다 달랐다. 그리고 보니 소울메이트라고 생각했지만, 그 소울이 내 일방적인 느낌이었나 잠시 혼돈이 찾아왔는데 집에 돌아와 어린 시절부터 K를 떠올려보니 나와는 전혀 다른 사람임을 알아챘다. 그게 서운하기보다는 왜 나는 너와 같다고 생각했을까.

우린 잘 통해서 영국에 K가 있어도 내가 너를 떠올리면 너도 나를 생각하는 텔레파시가 통하는 사이라고 철석같이 믿었다. 카톡을 하거나 전화를 걸면 K는 안 그래도 네 생각을 했는데라는 반응이 자주 있었고, 그래서 우린 거리와 상관없이 이어져 있다고 여겼다. 얼토당토않은 착각을 했는지 모른다. 그나저나 소울메이트라는 게 존재하긴 하나. 결혼하고 아이를 낳고 기르며 가정을 꾸리며 치열한 시간을 지나온 K의 삶과 정반대에서 살아온 나는 전혀 다를 수밖에 없다. 좋아하는 게 같다고 성격조차 비슷한 건 절대 아니다. 바라보는 시선과 추구하는 가치관이 비슷하다고 마음의 온도가 같지 않다. 친한 친구조차 이렇게 다른데 이 관계는 어떻게 유지될 수 있었나 반성의 시간이 필요했다.

관계 맺기에 서툰 나는, 내방 창문 두들기는 돌팔매질이 있어야 겨우 누가 오나 싶어 조금 틈을 내어 창을 열고 확인하고는 금방 또 문을 열지도 않는다. 그러다 상대편이 마음에 들어오면 문을 활짝 여는 스타일이긴 하지만 그것도 나이가 들었더니 경첩이 망가져 활짝 열리지 않는다. 위로의 말도 잘하지 못하고(닭살이 돋는다), 칭찬도 입 밖으로 잘 꺼내지 못하며(손발이 오그라든다), 응원의 말도 선뜻 건네지 못한다(쑥스럽다). 남들이 내게 보내는 칭찬과 위로와 응원을 받는데도 겸연쩍어 이상한 표정이 된다. 친구를 만들기도 어렵고 누군가에게 살갑고 좋은 친구가 되기도 글러 먹은 성격이다. 이런 나를 받아들이고 친구로 두는 K는 태평양 바다처럼 마음이 넓지는 않아도 대충 지중해만큼 넓고, 추운 날 덮으면 완벽하게 따뜻하진 않지만, 기분은 포근해지는 극세사 이불 같은 훈훈함이 있다.

아마도 K 덕분에 우리의 관계는 유지되는지도 모른다. 그리고 1년에 한 번 만나는 멀리 떨어진 관계라 가능한지 모르겠다. 만약 서울에서 자주 만난다면 치부를 드러내며, 서로에게 실망할지도 모른다. 때로는 서로에게 기대고 자주 서운해질지도 모른다. 친구 사이에서도 나타나기 쉬운 세밀하고도 미세한 감정이 멀리 떨어져 있는 물리적 거리가 잔잔하게 다독이며 더 많이 섭섭해하지 않도록, 또는 더 자주 기대하지 않도록 적당한 마음의 거리를 두게 한다.

우리 나중에 스위스 여행 같이 가자.

그랜드 캐니언도 가자.

네가 못 가본 튀르키예도 가자.

이런 말을 나누며 그 언젠가 함께 떠날 여행을 약속한다. 서로 함께 보낸 시간이 적어서 하지 못하고 지나가는 게 많았다. K는 아마도 대한민국으로 돌아오지 않을 것이다. 나는 대한민국과 맞지 않다고 오백팔십세 번 말해도 완전히 떠나진 못할 것이다. 그렇다면 우리는 1년에 한 번씩 만나며 늙어갈 것이다. 그것도 나쁘지는 않다. 친구도 연인도 가족도 각자도생의 시대라 하지 않나, 아무리 소울메이트라고 해도 어차피 너와 나는 다른 사람이니까.

우리는 각자 다른 삶을 살며, 우린 다 간접경험을 자주, 많이 한다. 나는 1인의 삶이나, 아버지의 딸로 사는 인생, 엄마로 살거나 아내로 지내는 결혼한 삶은 모른다. 알 수도 없고, 알기도 어렵다. 반대로 싱글맘과 살아온 시간, 결혼하지 않은 삶, 돌봄 인간 같은 내 인생을 전혀 이해하지 못할 거다. 아무리 발버둥 처봐야 서로 '나'로 존재할 뿐이다. 같아질 수 없고, 비슷해질 수는 없다. 결국 책, 영화, 드라마를 통해 간접경험을 할 수밖에 없다. 그것이 우리들의 감정 세계를 획일화하는 시스템이라고 해도 100퍼센트 온전하지 않은 공감이라고 해도 그 또한 감수하며 서로를 이해하고 보듬으려 애쓴다.

영국으로 돌아간 K는 내게 카톡으로 보고 싶다던 드라마의 제목을 확인했다. 방학이 얼마 남지 않은 그녀는 1.5배속으로 보겠다고 했다. 멀리 떨어져 전혀 다른 시간을 살아도 우리의 공통점이 되는 드라마가 있어 그나마 다행이다.

모두와
사이좋게
지낼 수는
없어

하던 일을 그만두면 여유의 시절이 도래한다. 다시 그 시절이 지나고 나면 너나 할 것 없이 맞닥뜨리게 되는 권유의 시절이 시작된다. 은퇴의 과정에서 모두가 치킨집을 하고 망하는 건 같은 맥락이다. 세상에는 치킨의 빌런 말고도 형형색색 빌런이 들들 끓어 넘친다. 오늘의 빌런과 내일의 빌런이 바통을 매끄럽게 서로 주고받으며 이어달리기를 한다. 하필이면 나의 피곤하기 짝이 없는 인생 트랙 위에서. 이러지 말아요.

인공신장실 앞 의자에는 투석을 마친 환자를 기다리는 보호자들이 대기한다. 대부분 요양보호사나 활동 보조인들이 대다수를 차지하고, 아주머니, 할머니들이 배우자인 아저씨나 할아버지를 기다린다. 할아버지가 할머니를 기다리는 건 보지 못했다. 나는 그들과 멀찌감치 떨어져 지루함을 이겨내며 창밖의 에어컨 실외기와 대나무의 공존을 관찰하며 기다림을 이어간다. 보호자들끼리의 연대감이 있어서 말을 나누기 시작하면 끝이 없다. 그게 싫어 이어폰을 끼고 핸드폰에 고개를 처박고 있지만 말 붙이기 좋아하는 이들은 어디에나 있다.

엄마 모시러 왔나 보네. 요양사 써요.

제가 할 만해서요. 같이 살고 있고요.

어머, 그럼, 직장 안 다니면 요양보호사 그거 시험 봐요.

따두면 좋아요. 가족 요양~.

김XX 보호자님!

아~ 네.

말이 더 길어지기 전에 간호사 선생님의 낭랑한 목소리가 나를 빌런으로부터 구해주었다. 같은 공간에 앉아서 기다리다 보면 얼굴이 익고, 그러다 보면 말을 섞게 된다. 때로는 악의를 품은 건 아니나, 내게는 선의로 느껴지지 않은 독단적 권유의 말을 듣는다. 한 귀로 듣고 한 귀로 흘리면 그만인데 예민하게 싫어한다고 엄마는 말했지만, 그냥 나는 그 모든 권유의 말이 끔찍했다. 그때는 하루하루 나의 자존감이 얇아지고 있었고, 상황을 버텨낼 수 없을 만큼 팍팍했다. 집안에서는 앓는 소리가 들리고, 사회생활만 하던 내가 집순이로 모드 전환이 쉽지 않았고, 엄마의 컨디션을 제 궤도로 올려놓는 데 온 신경을 쓰기에 벅찼다.

사람들은 반드시 '뭐라도 해야지'라는 말을 서슴지 않게 한다. '운동해야지', '다이어트 해야지', 온통 '해야지' 병에 걸려 버린 듯하다. 일을 해야 하고, 돈을 벌어야 하고, 그렇게 네 인생을 살아야 한다고. 어찌나 배워두고 따두면 좋은 게 많은지 그러면 제발 본인들이 하라고 소리치고 싶었다. 난 사실 너무 오랫동안 일을 해서 이제는 좀 안 하고 싶었다. 출근도 퇴근도 안 하는 삶을 고대해 왔다. 그런데 만나기만 하면 다들 '(   ) 해야지' 소리를 추임새처럼 했다.

날 위한 조언이라고 여겨도 독 가시가 되어 마음에 박혔다. 내가 얼마나 못나 보이고 한심해 보였으면 평생 안 듣던 말을 들어야 하나 싶어서 잘 나오지도 않는 눈물이 주르륵 흐르기도 하고, 분해서 소리를 지르기도 하고, 내 처지를 비관하며 우울해졌다. 우울이란 내 안에서 비롯되는 게 아니라 쉽사리 타인으로부터 찾아온다. 이렇게 내 인생의 빌런이 제대로 활동을 시작한 셈이었다. 평온하고 조용했던 일상을 유지하려 애를 써도 일면식도 없는 이들이 하는 말부터, 가끔 찾아오는 친척, 어렵게 찾아와 주는 후배와 친구들과의 대화 속에서 여지없이 무너지곤 했다.

간호조무사 시험을 봐라.

– 병원이라면 멀미가 날 지경입니다.

요양보호사를 해라.

– 엄마 돌봄만으로도 충분히 하는 거 같아요.

가게를 차려라.

– 사업 자금 5억만 입금해주면 당장 하겠습니다.

이렇게 대차게 받아칠 수 있었는데 늘 듣고 와서 발을 동동 굴렀다. 억울해서 여기에 남겨보는 뒤늦은 답변이다. 결국 빌런을 물리치고 평정의 세계를 다시 얻는 데까지 지대한 공을 세운 깨달음은 두 가지다. '모두와 사이좋게 지낼 수는 없다'라는 사실. 그리고 '나는 나다.' 나는 여태껏 남의 말을 듣고 모방도 잘해왔지만 결국 내 멋대로 사는 사람이다. 단 한 번도 남이 살라는 대로 산 적이 없었다. 그걸 기억하고 계속 떠올린다. 내게 요양사를 권하던 분에게는 묵례와 눈인사만 하면 된다. 시험을 보라는 사람에게는 더 이상 연락하지 않으면 된다. 모두와 잘 지낼 필요는 없다. 모두 속에는 진짜 빌런이 숨어 있고 나도 누군가에게 빌런이 된다. 동네방네 조용히 외치고 싶다. "우리 모두와 사이좋게 지내지 말아요. 갑자기 사이좋게 지내려고 애쓰는 건 다분히 작위적이니까요. 예의와 선을 지키며 권유는 함부로 하지 말고요. 모두가 홈쇼핑 방송중 매진시켜야 하는 쇼호스트도 아니니 제발 권유는 그만!"

그리고 정말 권하고 싶으면 함께 하자고, 해야 한다. 그 쉽지 않은, 그래서 어려운 결심의 따뜻한 말을 최근에 들었다. "독서 모임 둘이라도 할래?"라고. 눈물이 났다. 적당한 위로란 내 편에서 생각하는 게 아니라 상대편에서 생각해야 한다. 내가 스케줄이 맞지 않아 참석하지 못하는 독서 모임의 아쉬움을 그 친구는 알아챘다. 진정한 위로와 권유는 너만 하는 게 아니라, 나랑 함께하자고 말할 수 있어야 한다.

싫은데와
괜찮아
사이

천천히 흘러가는 풍경과 잔잔한 이야기가 좋아서 일본 드라마나 영화를 자주 본다. 힐링하기 적당한 걸 틀어놓고 보다 보면 갑자기 뭔지 모르게 이상한 구석이 보인다. 어깨가 축 처져 기운 빠져 있거나 나쁜 놈에게 뒤통수를 세게 맞아 넋이 나가 있거나 진짜로 엎어져서 무릎에서 피가 나는 주인공 옆에서 들리는 소리는 거의 단 한 문장이다.

だいじょうぶ(다이조오부데스카)?

그 한마디는 '괜찮습니까?' '괜찮아?'라고 번역되는데, 주인공은 보통 "응, 다이조브"라고 말한다. 누가 봐도 안 다이조브인데. 괜찮지 않은데, 나쁜 상황인데, 힘들고 아픈데, 그런데도 괜찮다고 말한다. 난 주인공을 보며 괜찮지 않아! 정신 차려! 빨리 말을 해! 도와달라고~ 소리치지만, 들을 리가 없다. 드라마는 드라마여서 주인공의 품위를 위해 센척하려고 그런다지만 현실의 우리도 겉멋이 들어서 현재 상황은 형편없고, 엉망진창인데도 괜찮은 상태라고 말한다. 나도 자주 괜찮다고 했다.

거기 어때? 응, 서넛이 모이기에 괜찮아. 거기 음식 괜찮아.
와인보다는 막걸리가 비 오는 날에 괜찮지.

사람들의 취향과 의견을 수렴할 때도 괜찮아는 꽤 괜찮게 쓰인다. 음식이나 장소, 와인이나 막걸리 등의 주종에 대한 호불호를 말할 때도 호와 불호가 아닌 그 중간 언저리에서 왔다 갔다가 가능해지는 '괜찮아 의견 표출법'이다. 수많은 관계 속에서 어쩌면 괜찮지 않은데, 우리는 괜찮다고 말한다. 솔직하지 못해서, 솔직해지는 게 두려워서 말이다. 거기 음식 맛없어. 너무 평범해. 그 장소 너무 시끄러워, 다른 데로 정하자. 그렇게 말하지 못한다. '싫어'와 '좋아' 사이에서 '괜찮아'로 말을 바꾼다. 그 순간이 관계를 오래 유지하도록 이끌기도 한다. 참 괜찮은 관계 유지법이다.

상대방에게 안부를 물을 때도 구체적이면 좋은데 쉽지 않아 제대로 묻지 못한다. 배려하는 마음과 쉽사리 전해지지 못할 본심을 꺼내지 못한다. 기껏해야 "요즘 괜찮아?"라고 말할 뿐이다. 나역시 헤어진 남자친구 때문에 힘들어하는 친구에게 기껏 건넨 말한마디가 "요즘 마음이 어떤 거 같아?" 두루뭉술한 말을 보냈다. 나도 그렇게 위로할 줄 모르면서 누군가 내게 "어머님은 요즘 괜찮아?"라고 묻는 안부에 "응, 괜찮아"라고 답하고는 서운해한다. 서로가 서로에게 적당한 거리를 두며 툭 터놓을 수 없는 고민에 우리는 쉽사리 시시콜콜 말하지 못하고 웃어 버린다. 괜찮아 안부 질문법이다. 그 질문의 바탕에는 구구절절 너의 힘든 이야기는 듣고 싶지 않다는 걸 전제하고 묻는지도 모르겠다. 보통 다 '괜찮아?'라고 물으면 괜찮다고 답하니까.

나는 쉽게 징징대고 싶지 않으며, 나의 고통과 힘듦이 타인에게 옮겨가길 원하지 않는다. 그래서 아마도 나의 괜찮아는 그럭저럭이거나 50퍼센트 정도는 좋지 않다는 것을 뜻한다. 그러고 보니 일본 드라마 속 주인공도 그런 마음가짐이어서 입을 앙다물고 다이조브라고 하나?

응, 괜찮아(엄마는 치과 치료를 받느라 더 예민해져서 식사도 못 하고 잠도 못 주무시고, 투석 받는 팔은 핏줄이 터져 멍이 시퍼렇게 들어서 엉망이고, 엄마의 신음과 잔소리, 역정 소리의 콤비네이션을 듣는 것도 힘들고, 내 시간은 절대적으로 없고, 시시때때로 먹을 걸 사러 마트 오픈런을 하고, 잠들기 전까지 내일은 뭘 해먹나 고민하고, 삼시세끼를 차리고 치우고, 가끔 찾아오는 불안감에 힘들고, 의욕이 점점 떨어지고, 이것 봐 흰머리 늘어나고 원형탈모 때문에 염색도 못 해. 진짜 힘든데, 말할 데가 없어 정신의학과를 알아보고 있어). 이런 말을 훅하고 꺼낼 수 없다. 재미없고 우울하기 짝이 없는 지지부진한 이야기를 산뜻하게 줄여준다. 그래서 그냥 괜찮아. 이렇게 쓰고 보니 괜찮아는 좋은 줄임말이네.

괜찮다는 말은 두루두루 쓰이지만, 이래저래 어렵고 난해하다. 사람을 설명할 때, 분위기를 말할 때, 타인을 지칭할 때는 좋은 표현이기도 하다. 괜찮은 사람이라고 하면 괜찮게 느껴진다. 과하게 멋진 것도 아니고 촌스럽게 우악스러운 것도 아닌 적당한 태도와 친절함을 겸비하여 적절한 분위기로 우리들의 기준선에 닿은 사람을 표현하는 말이 된다. 괜찮은 인물 표현법이다.

괜찮다고 다독일 때도 아주 따뜻함이 가득한 표현이다. 그러나 관계에서는 그렇지 않다. 사실 괜찮은 건 없다. 좋고, 싫고, 아니고 말고를 정하지 않는 것이다. 비즈니스 관계에서는 분명한 의사 표현법이 칼날이 되어 마음을 벨 수 있다. 솔직한 칼로 상처를 주었던 적도 많다. 그래서 이제는 그 어떤 관계에서도 그러지 말아야지 결심했던 부작용으로 괜찮아 연고를 너무 많이 사용한다. 관계의 재정립을 위해 노력을 하지 않아도 관계는 다시 만들어지기도 하고 스스로 사라지기도 한다. 가족의 관계도, 친구와의 관계, 비즈니스, 그 모든 인간의 관계도 어차피 혼자 사는 이들끼리의 병렬구조다. 그 사이에서 괜찮아 같은 애매모호한 말을 내뱉지 않으면 좋겠다. 그건 나이가 들어가며 스스로 유해지겠다는 자기암시를 뒤집어쓴 채 순간의 갈등을 피해보고자 하는 편법일 뿐이다.

다음 주 시간 낼 수 있어? 응! 좋아.

바쁘지 않아? 아니 괜… 만날 시간은 만들면 돼.

요즘 너무 더워서 힘들지? 아니, 괜. 덥지. 더워. 뭔 날씨가 이러냐?

만나서 밥이 좋을까? 면이 좋을까?

둘 다 괜, 아니 그거 말고, 우리 오랜만에 굴국밥 먹자. 어때?

아마도 나이가 들수록 괜찮은 어른이 되고자 많은 이에게 휘둘리게 될지도 모른다. 그럴 때마다 괜찮다는 말보다 좋다는 말을 쓰고 싶다. 싫다는 말을 쓰고 싶다. 구체적이고도 시시콜콜한 상태를 잘 전달하고 싶다. 그리고, 어중간하지 않게 더 단호해지고 싶다. 그 단호함이 억지나 고집은 절대 되지 말아야겠지만.

인스타를
잠시
끊어도
좋겠습니다

모든 사람은 섬이다.

이 말을 믿는다. 하지만 일부의 섬들은 연결되어 있다는
사실이다.

영화 〈어바웃보이〉 중에서 나온 대사입니다.

그렇죠, 요즘 섬은 섬끼리 다리로 연결되어 있어요.

때로는 대자연의 섭리로 걸을 수 있는

물길이 열리기도 하는 걸요.

물론 영화 속 저 대사는 그런 의미가 아니죠! (저도 압니다.)

전 이렇게 바꾸고 싶네요.

모든 사람은 섬이다. 물에 잠기고 있는 섬. 연결되어 있으나
그 연결조차 끊기는 게 무서워 발을 동동 구르고 있다.

인간관계란 이기적이고 배타적이며 현재는 시각적이
되었습니다.
가짜 관계에 미소 짓고, 가짜 유대감을 갖게 되었으니까요.
바로 SNS겠죠. 그중에서도 모든 이를 스타로 만들어줄 거 같은
〈인스타그램〉

스타들이 많이 써서 요즘 연예 기사들은
온통 인스타그램의 내용을 바탕으로 기사가
되기도 하더라고요.
스타들의 전유물이 아닌 인스타그램은 우리 같은 보통 사람
에게도 '화보처럼'이 가능해졌습니다.
저도 가만히 있을 수 없어 사진을 찍고 올립니다.

그리고, '좋아요'를 통해 직접 만나지 못하지만
내게 관심을 두는 이들에게 고마워하죠.
그리고 나도 '좋아요'를 누릅니다.

그런데 말입니다.

이게 무슨 의미가 있겠습니까?

어차피 스타도 아닌데,

인기를 먹고 사는 스타도 아닌데 안 그렇습니까?

인스타를 끊어도, 안 해도 사는 데 전혀 지장이 없더라고요.

그리고, 남의 인생에 관심이 덜해졌습니다.

그들이 어딜 가든, 뭘 하든, 뭘 먹는가보다

드러내지 않는 지금 나의 삶에 집중하는 게 좋아졌습니다.

오늘, 나의 기분을 살피고 집중합니다.

이제 저는, 음식 사진을 더는 찍지 않게 되었습니다.

물론 다시 SNS를 시작해도 아무도 뭐라는 이는 없겠지만요.

모르는
타인과
입장
바꾸기

무거운 문 앞에서 ————

  날씨는 흐렸고, 몸이 찌뿌드드해서 움직이기 싫었다. 좀 거리
가 떨어진 마트에서 장을 봐서 1층으로 올라왔는데, 아기차를 밀
고 문 앞에서 어쩔 줄 몰라 하는 아기 엄마가 보였다. 얼른 다가가
문을 밀어 열어줬는데, 아기차를 밀며 나가고는 아무 말도 없이,
그 흔한 눈인사도 없이 쌩 가버렸다. 그럴 수도 있겠지.
  아기차를 끄는 엄마들이 많은 동네인데, 문을 잡아주거나 열
어주면 반가운 인사를 듣는 게 다반사였다. 그런데 아무 말도 없이

가다니. 고맙다는 말을 들으려고 하는 행동은 아니지만, 그 애매한 기분이 뇌 한구석에 둥둥 떠다녔다.

단순히 베이비시터였을까? 아이 엄마가 아닌가? 기분이 안 좋은 일이 있었겠지. 산후우울증일지도 몰라, 별별 생각을 하며 집으로 걸어왔다. 감사나 고마움이 아닌 이제는 당연한 건데, 그래서 표현을 안 해도 되는 세대인데 나만 뒤처져서 문 잡아주면 '고맙습니다'를 말하는 건가. 갑자기, 말하지 않은 게 괘씸하다가 그의 편에 서서 생각하니 그럴 수도 있겠다는 결론. 언제나 '입장 바꿔 보기'는 필요하다. 그래도 미안하다. 감사하다. 죄송하다. 실례한다. 말은 하고, 살아야 하지 않을까? 말이 줄어들고 있다. 마음도 같이 사라지는 거 같아 쓸쓸해진다.

동영상을 보내기 전 ──────

나의 자랑이 남에게 독이 될 때가 있다. 회사에 다닐 때 아이도 없고, 친조카도 없고, 무엇보다 아이를 특별히 귀여워하지도 않는 나에게 자식 자랑, 조카 자랑을 하는 이들이 많았다. 사진을 보여주며, 예쁘고 귀엽고 잘생겼다는 소리를 듣지 않으면 절대 자식 자랑 타임이 끝나지 않을 듯한 공포의 시간 들이 떠오른다.

요즘 엄마에게는 가끔 오는 친구들의 손주 자랑이 독이 되는 듯하다. 부러운 게 아니라 사실 관심이 없다. 당신 몸이 아프니 다른 데 애정도 생기지 않고 그냥 귀찮고 싫다. 그런데도 옹알이하는 거나, 재롱을 떠는 동영상을 보내주는데 화를 낼 수도 없고 반응을 안 할 수도 없다. 그거 자체가 스트레스다. 상대방을 본인의 기준에서 생각하는 것. 얼마나 폭력적인가.

아마도 나의 친구들 대부분은 솔로가 많아 손주 자랑 동영상이나 사진을 보내오진 않겠지만, 앞으로 사귀게 될 미래의 친구들이 있다면 제발 내게는 공유하지 말아 주시면 좋겠다. 만약에 공유하면 차단할 거다. 남이 먼저 궁금해하기 전에 앞선 자랑은 하지 않는 게 관계를 이어가는 데 지혜로운 법이다.

강아지를 만나면 ───

희한하게도 우리나라 사람들은 함께 좋아하고 함께 분노하고 함께 열광해야만 한다. 그러고는 싫어한다고 하면 '아니, 어떻게 싫어할 수 있어.' 이상한 눈초리로 째려보기도 한다. 축구를 좋아하지 않는다고 하면 외계인 취급을 받기도 하고(전 야구를 더 좋아하는 편입니다), 세상 사람들이 강아지와 고양이에 환장할 때 '나는 동물이 무섭고 싫은데'라고 의사를 표현하면 졸지에 이상한 사람이 되곤 했다.

나는 동물을 무서워하지만, 고양이도, 강아지도 동물권을 지켜주고 싶다. 오히려 기르다가 유기하는 나쁜 X에게 분노한다. 기르지 않는다고, 귀여워하지 않는다고 이상하게 쳐다보는 것 또한 폭력이 아닌가. 개공포증이 있는 내 경우에는 저 멀리서 개가 가까이 오는 것조차 공포심이 생긴다. 서서 움직이지 않고 있으면 센스 있는 보호자는 목줄을 바짝 당겨 쥐고는 강아지를 내 쪽으로 오지 못하게 한다. 좋아하는 사람이 있으면 그 반대도 있다는 걸 알고 있는 이들을 만나면 반갑다. 그리고 하루가 즐겁다. 반대는 뭐 말하고 싶지 않을 만큼 불쾌하니까. 죄 없는 강아지마저 미워지게 하는 반려인도 참 많다는 사실.

병원에서 ———

일주일에 세 번 병원에 간다. 투석 환자의 비용은 그날 접수를 하고 계산한다. 무인 계산기에서 뚝딱 계산되지만, 응급실, 입·퇴원, 급작스러운 비용 발생은 번호표를 들고 직원이 있는 창구에 가서 내기도 한다. 그러다 비용에 의문이 생겨 원무과에 방문했다. 갑자기 생겨난 비용을 가만히 앉아서 돈을 뜯길 순 없다. 간혹 이상한 지출 항목에 원무과 방문이 잦아지고 있다. 직원과 대화하다 역시 충돌이 일어나고야 말았다. 직원의 감정적인 말투에 하지 말아야 할 말을 했다. "그렇게 감정적으로 응대하시면 안 되죠"라는 말을 내뱉어 놓고 내가 가장 싫어하는 말이었는데 내가 하고 있구나 싶어서 창피했다. 그 직원도 누군가의 가족일 텐데, 괜한 말을 했나 싶어 기분이 가라앉았다. 울분의 문턱에서 잠시 심호흡한다. 시스템의 문제이지 이게 개인의 문제이겠나. 어쨌거나 약한 자는 "어쩔 수 없네"란 말과 "그럴 수 있어"라는 입에 달고 사는데 그 말이 가끔 외롭고 서럽다.

가족의
해체를
바랍니다만

　병원 가는 길 중간에 아파트 단지 내 어린이집이 있다. 어제는 겨우 걸음마를 시작한 아이들이 나와 걷기 연습을 하는지 저마다 한 걸음 두 걸음씩 걷고 있었다. 어찌나 귀여운지 엄마와 난 동시에 "아이고, 귀여워라" 소리를 내며 아이들을 보았다. 남의 집 아이들을 잠깐 보니 귀여운 것이리라. 어느 한 여름 날 오전에는 조금 큰 애들이 나와 둥글게 서서 물총 싸움을 하고, 어떤 날은 한복을 곱게 차려입고 나와 동그랗게 서서 강강술래 같은 것도 했다. 4세에서 5세 정도 꼬맹이들의 코가 땅에 닿도록 숙여 버리는 폴더식 배꼽 인사와 주유소 앞 풍선 인형처럼 사정없이 손을 흔드는 모습에

덩달아 손을 흔들어주기도 한다.

나 아이 싫어하는 거 맞아?

보통 대단지 아파트라고 하면 1,000세대 내외의 아파트를 의미한다. 4인 가족 기준이면 4천 명 이상이 사는 셈이다. 우리 아파트의 규모는 4배 정도의 매머드급 단지라 할 수 있다. 낮과 밤을 가리지 않고 아이들이 놀이터에서 뛰노는 소리로 귀가 먹먹해질 지경이고, 내 아이가 아닌데도 그들의 에너지가 가득 담긴 함성에 가끔 놀라 그릇을 떨어뜨리거나 자주 탈진이 된다.

그래도 19층 창문 아래로 놀이터를 내려다보며 손톱만 한 아이들이 콩콩 뛰어노는 모습을 멍하니 본다.

내 아이도 아닌데 왜 보는 걸까?

날씨가 좋으면 단지 내 풍경은 세트장처럼 정돈되어 있어 비현실적으로 평화롭다. 0세부터 8, 90세에 이르기까지 다양한 나이대가 다녀도 거부감이 없고, 저마다 집으로 들어가는 길이 바쁘지도 힘들어 보이지도 않으며, 어린이집 앞에는 아이를 맡기는 밝은 표정의 엄마들과 간혹 머쓱한 표정의 아빠들이 있고, 오후에는 학원에서 돌아오는 손자·손녀를 기다리는 할머니와 할아버지도 눈에 띈다. 끊임없이 웃고 떠드는 아이들과 강아지를 산책시키는 가족, 자전거를 타고 달리는 학생들, 자전거를 가르쳐주는 아빠와 딸의 다정한 모습을 보면서 붕 떠 있는 기분을 느낀다. 흔히 말하는 정상 가족의 형태로 사는 사람들. 가끔 그 사이에서 섞이지 못하는 물과 기름처럼 이질감이 든다.

나, 이 아파트에 계속 살아도 될까?

정상 가족이 판을 치던 시대를 정면으로 뚫고 현재까지 살아오는 중인 2인 가족, 엄마와 나는 남자가 없어서 편했다. 건강하고, 심플했다. 다수의 가족 구성원으로 빚어지는 관계의 문제로부터 홀가분했다. 밖에서 받는 편견의 따가운 시선을 견디고, 나라에도 시스템에도 기대지 않고 꿋꿋하게 뜻대로 살았다. 그래서 정말 좋았다고 끝이 나면 좋겠는데, 그게 또 그렇진 않다. 여전히 엄마는 나의 노후를 불안해한다. 가정을 이루지 않고 사는 나의 미래. 자식이 없는 노년의 삶이 잘 그려지지 않기 때문이다. 나에게 형제자매라도 있으면 걱정이 없겠다고 하지만, 정말 그럴까? 결혼을 해서 자식이 있었다면 엄마는 나의 미래를 걱정하지 않을까? 그 속은 잘 모르겠지만, 뾰족한 수 없이 혼자 남을 내가 심각하게 걱정이 되는 거 같다.

요즘에 들어서야 가족 때문에 힘들어했던 K 장남을 떠올리곤 한다. 아버지가 살아있다면 내 삶이나 엄마의 인생이 좀 달라졌을까. 같은 엉뚱한 상상도 가끔 해본다. 3인 가족에서 4인 가족이 되었을 수도 있다. 내 밑으로 동생이 줄줄이 태어나 장녀로 어깨를 짓누르는 책임감으로부터 도망쳐 지구 반대편에서 살았을지도 모른다. 친가와의 인연이 계속 이어졌더라면 난 어떤 어른으로 어떻게 자랐을까 같은 상상도 해본다. 가족이란 큰 사건이 일어나지 않는 이상 끊어질 수도 없고 해체될 수 없는 견고한 철옹성이니 싫어도 좋아도 내내 사촌에 팔촌까지 인연을 끊지 못한 채 진저리치며 질질 끌려다녔을 거다. 이런저런 상상을 하다가 제자리로 돌아와도 달라지는 건 없다. 단출하다고 하지만 여전히 우리 모녀를 둘러싸고 있는 관계로 인해 생기는 이슈들은 다른 집과 비슷하다. 이럴 때마다 혈혈단신으로 칼 한 자루 어깨에 둘러메고 떠나는 나를 떠올리곤 한다. 오해는 말자. 딱히 복수할 대상이 있는 건 아니다.

가족의 해체를 바랍니다만, 안 되겠죠?

내 자식도 아니지만 아이들은 귀여우며, 어느 곳에서나 사랑받으며 구김 없이 잘 자라기를 바란다. 할머니, 할아버지들은 가까운 미래에는 지구의 먼지로 돌아갈 것이고, 나도 그럴 것이다. 어디선가 계속 가족은 이어진다. 다른 형태의 패밀리들이 나오기도 하겠지만 혈연으로 맺어지는 가족 형태는 사라지지 않을 거다. 인간은 가족 위에서 관계를 맺고 살아갈 게 분명하다. 가족이 없어지길 바라면서도 내가 자라온 유년 시절을 떠올린다. 따뜻한 가족의 품 안에서 자랐다는 사실을. 지금에서야 진저리치고, 데면데면해지고 각자도생하지만, 힘들 때는 또 가족이라는 형태가 주는 힘도 있다는 걸 외면하지 못하겠다.

가족이라는 혈연관계로 단단하게 쌓아 올려 나올 수도, 들어갈 수도 없이 높으며 속은 끈적거리는 울타리가 아닌 싸리나무로 엉성하게 만들어 놓은 건조한 울타리를 그려본다. 그 안에서 동등한 인간관계를 맺으며 각자의 삶을 잘 꾸려가는 사람 대 사람으로 공존하길 원한다. 가족이라는 타이틀로 묶인 게 아닌 자유로운 연결망을 그려본다. 피를 나눈 형제와 자매, 부모와 자식이 아니어도 서로를 슬쩍슬쩍 아껴주며 은근히 챙겨주는 사이가 내 곁에도 당신 곁에도 생겨나길 소망한다.

6

(취
  미)
하나쯤
만들면 좋지
않을까?

취미가 뭐냐고 물으신다면
남들이 하지 않을 법한, 그걸로 다음 이야기를 이끌 만한
그런 취미를 갖고 싶었는데, 여전히 저는
우물쭈물하며 '이것저것'이라는 대명사를 쓰게 되네요.
여러분은 근사한 취미가 있나요?

로망을
천천히

오늘의 메모 : 식빵 굽기 대성공, 다시 할 거 아님, 식빵은 사서 먹자

사 먹어도 되는 데 굳이 만든 건 마음수련 차원이다. 어제 너무 열 받는 일이 있었는데 어떻게 풀 방법이 없었다. 식빵은 맛있고 고소하고 보드라웠으나 이 식빵의 원가를 계산해보니 그냥 사 먹는 게 나았다. 갑자기 찾아온 현실자각 타임. 작년부터 소소하게 집에서 제과제빵을 하면서 큰 깨달음을 얻는다. 사람들이 하지 말라고 하는 데는 다 이유가 있다는 것. 다들 '그냥 사 먹어'라는 말, '베이킹은 할 게 못 돼'라는 말.

그러나 미지의 영역에서 나약한 나를 기다리는 건 놀랍고도 이상하고도 매력적인데 가끔 옥죄는 긴장과 서스펜스다. 특히나 취미의 영역은 그렇다. 타인이 하는 취미활동을 가벼운 마음으로 살펴볼 때는 감탄하고, 잠시 부러워하다, 해보고 싶다가 되었다가 나도 한번 해볼까 하는 섣부른 자신감이 들어차면 돌이킬 수 없다. 캠핑도 테니스도 골프도 해보고 싶은 지경까지 가지 않으려 애쓴다. 나도 한번 해볼까가 되어 버리면 큰일이다. 베이킹의 지옥문을 내가 그렇게 열어 버렸으니까. 안 될 거 같은 게 내 손에서 되는데 라며 일시적 만족 타임이 지나가면. 잘 씻기지 않은 버터가 핸드믹서 날에 붙어 짜증이 스멀스멀 올라오고 아무리 못해도 족히 십여 개의 그릇과 도구를 준비하고 씻고 말리는 설거지 지옥을 건너다보면 프로가 아닌데도 잘하는 이들을 존경의 눈으로 보게 된다. 보통의 인내심을 가진 분들이 아니구나 싶다. 준프로급의 베이킹 유튜버를 제외하고 내가 존경하는 이가 있다. 배우 신세경의 브이로그 유튜브를 보면 취미로 홈베이킹 하는 모습이 나온다. 연말에 지인들에게 선물하려고 대용량으로 반죽하고 다양한 쿠키를 구워 틴케이스에 넣고 포장하는 영상을 보며 저 사람 진짜구나 싶었다. 베이킹을 해본 사람만이 알 수 있다. 그건 그렇고!

홈베이킹을 취미로 하기엔 의외로 품과 돈과 시간과 열정이 차곡차곡 들어간다. 예를 들면 까눌레를 직접 만들어보고 싶다는 도전 의식과 욕구가 불현듯 들었다 치자. 딱히 먹고 싶은 건 아니다. 정작 나 자신은 밥-면-떡-빵-죽의 맛 취향을 갖고 있다. 가끔은 면-밥-빵-떡-죽이 되기도 하지만 절대 1순위나 2순위로 빵이 올라오지 않는다. 그래도 만들고 싶다는 욕구가 생기면 실행에 옮긴다. 그리고 까눌레 레시피를 찾기도 전에 반드시 거쳐야 할 단계가 있다.

까눌레는 틀이 있어야 하는데. 어머나, 내게는 그게 없다. 모든 빵과 과자는 틀이 필요한데, 이게 모양 빠지게 까눌레를 마들렌 틀에 구울 수 없고, 손으로 조물거려 만들 수도 없다. 까눌레틀은 12구짜리가 비싼 건 끝도 없이 비싸고 적정선에서 고른다 해도 배송비 포함 2만 원 안짝이다. 그렇다, 까눌레는 한 개에서 두 개를 먹으면 딱 좋은 디저트고, 그걸 만들겠다고 틀부터 사면 수백 개를 만들지 않는 이상 마이너스인 셈이다. 까눌레뿐이 아니다. 제과 제빵 분야는 홈베이킹을 하느니 made by 파티시에의 고급 제품을 사 먹는 게 훨씬 경제적이고 맛도 휘~얼씬 좋다. 말해 뭐하겠는가. 홈베이킹은 말 그대로 홈비디오 같은 거다. 홈(HOME)이 붙으면 보드랍고 따스하고 몽글몽글한 기분은 들지만, 완성도가 급격하게 떨어진다. 유튜브와 똑같이 해도 내 손끝에서, 내 집에서는 확연히 달라진다. 오븐 탓, 재료 탓, 도구 탓도 다 해보지만 결국은 기술 탓으로 끝을 내야 한다. 완성도뿐이겠는가. 맛이 덜하다. 물론 맛없다고는 못하겠다. 굉장히 건강한 맛이다.

그런데도 베이킹 취미를 갖게 된 건 순전히 내가 좋아서다. 내 손으로 뭔가를 만드는 게 좋다. 허공으로 흩어지는 말장난인 카피 같은 게 아니고, 혹은 형체가 없는 데도 있는 척하는 '콘셉트'라는 것도 아니고, 물성을 지닌 것이 눈앞에 나타날 때의 희열이 있다.

말랑하고 뽀얀 반죽이 컴컴하고 뜨거운 오븐에 들어가 색도 모양도, 질감도 아예 새로운 형태로 태어나는 게 흥미롭다. 준비 과정은 또 얼마나 정확한지, 저울로 재료들을 계량해야 결과물이 멀쩡해진다. 홈베이킹에서 약간의 오차는 용납하지만, 충분히 과학적이다. 정말로! 또 어찌나 까칠한 디저트들인지 저마다의 틀에 부어서 구워주어야 그 맛도, 멋도 난다. 그것도 신기하다만. 밀가루와 버터, 달걀과 설탕이 주로 들어가는데 이걸 이렇게 섞고, 우유를 섞고, 달걀을 거품으로 올리고 버터를 태우고 등 이런저런 과정과 양을 다르게 하면 제각각의 반죽이 만들어지고, 또 반죽에 맞는 틀이 다 다르다. 참 희한하다. 사람의 성장 과정과 인생과도 비슷하달까.

베이킹을 비롯해 음식을 만드는 행위는 과정이 있을 뿐 결과는 있다가 사라진다. 음식이나 빵이나 결과물이 쌓이지 않는다. 먹어서 없어지거나 썩어서 사라지거나 결국 소멸하는 것. 소량으로 만들고 가끔 선물하거나 내가 먹어 치우면 그만이다. 꼭 과학적으로 만들었는데도 실패가 따라온다면 슬쩍 버려도 된다. 결과물이 남아 집안 곳곳을 잠식하는 취미활동이 아니다. 다만, 도구는

기하급수적으로 불어나고 있다만, 정확히 사라지는 것들의 매력이 있다.

틀부터 시작해서 각종 재료와 도구들을 갖추자면 끝도 없는 여정이 기다리고 있는지 모르고 시작한 건 절대 아니다. 홈베이킹의 개미지옥에 대해 수차 듣고 마음을 접곤 했었다. 그러나 이미 시작되어 버린 여정은 끝이 없지만 언젠가 자의적으로 그만두는 날도 올 테니까 계속 해나갈 예정이다. 빵을 좋아하지 않았고, 단 거는 싫어해서 쿠키 같은 건 절대 먹지 않았던 내가 왜 하필 베이킹인가? 현재, 취미에 안착한 게 왜 하필 베이킹인가? 묻고 또 물었더니 답을 찾았다.

로망이라 하자! (노망 아니다.) 내게는 절대 간직하지 않았으나 나를 따라다니는 오래된 스크랩북이 있다. 잘 들춰보지도 않은 그 스크랩북 안에는 필요하다 싶은 정보들을 무작위로 모아놓았는데 꽤 많은 양의 잡지에서 오려낸 쿠키, 케이크 레시피가 들어 있었다. 나 오래전부터 베이킹을 하고 싶어 했었구나. 회사를 그만두면 오븐을 사서 하나씩 쿠키도 구워 선물하고, 케이크도 만들고, 빵도 만들어 나눠 먹어야지 뭐 그런 로망이 있었던 모양이다. 그러니까 그런 걸 오려두었겠지. 이렇게 편리하기 짝이 없는 인터넷과 유튜브로 세상이 바뀔지도 모르고.

사람들의 로망을 깨부수는 로망 브레이커였던 내가 로망을 실현하기 위해 빵을 굽는다. 그 로망 실현은 또 다른 취미를 데려올지도 모르겠다. 로망이 로망을 낳는 법이니까. 내가 하고 싶었던 게 또 있었던가 찬찬히 생각하는 시간. 어제 구운 치아바타로 샌드위치를 만들어 천천히 꼭꼭 씹어 먹는다.

여행하는
우리들

우린 어쩌다가 떠나지 못해 안달 난 사람처럼 엉덩이가 들썩이고 조급해지는가, 왜 자꾸 차가운 도시 사람이라고 떠벌리면서 서울을 벗어나길 간절히 원하고 있나. 왜 여행 콘텐츠를 보며 입맛을 다시고 있나, 왜 이 나라 떠날 구실을 찾는 걸까(이건 좀 답이 보이지만). 난 내향성 인간이고 계획형 인간이라 즉흥적으로 떠나지 못하는데 왜 캐리어를 보면 당장 떠나고 싶은가. 집 나가면 개고생인 줄 뻔히 알면서. 공항 가는 길만 설렘이 가득하다는 걸 잘 아는데 도대체 왜 여행에 미련이 남아 질척거리나 뭐 그런 생각 꼬리를 물다 보면 해외여행과 여행 멤버인 친구들이 자연스럽게 따라온다.

난 싱가포르 여행에서 L이 잘 아는 친구이자 언니인 H를 만나 친하지도 않은데 같은 방에서 더블베드를 쓰며, 책《파이 이야기》를 읽은 후 잠들었던 기억이 있다. 그 후 지금까지 인연이 이어질 거라고 그때는 짐작하지 못했다. 정작 그땐 각자 다른 친구들이 줄줄이 있어서 패키지여행과 흡사한 텐션과 피로감이 존재했었다. 그 후 젊은이들의 로망으로 가득 찼던 도시, 뉴욕을 향해 우리는 여행 모임을 만들었다.

2008년에 떠났던 뉴욕 여행 사진들을 꺼내어 본다. 그때는 스마트 폰 없이 여행 지도를 들고 다니고, 사진도 디카로 찍긴 했으나, 화질이 그리 좋지 않았다. 책과 드라마, 영화에서 본 뉴욕을 걷거나 지하철로 돌아다녔는데 사진마다 남겨진 뉴욕의 거리를 배경으로 한 우리들은 이상하게도 피곤함에 찌든 구석이 없이 싱그럽고 맑다. 지금보다 한참 젊은 우리의 과거 모습에 흠칫 놀란다. 뽀송뽀송하고 여린 얼굴과 환한 미소가 사진 속에 있다. 거짓말처럼.

나이아가라 폭포를 보고 혼자 훌쩍인 건 비밀, 비 오는 날 MOMA에서 여기 사람들은 좋겠다며 부러워하고, 월스트리트에서 성공과 거리가 멀었는데도 황소 머리를 붙잡고 성공시켜 달라고 혼자 약속했으며, 센트럴파크 잔디밭에 드러누워 마천루를 구경하며 여기 사람들은 좋겠다며 또 부러워하고, 쉑쉑버거를 맛보리라 기다리며 공복 참기 맨손체조를 했으며, 대사는 자막이 없어

못 알아먹어도 노래는 노래방 기계처럼 자막이 나와 그나마 즐거웠던 영화 맘마미아도 봤고, 록펠러센터 전망대에서 반드시 노을 지는 풍경을 볼 거라며 뉴욕의 바람을 온몸으로 맞았다. 그리고 한국으로 돌아오는 비행기에서 또 떠날 것을 결심했다. 한국이 싫어서, 아니 내가 처한 상황들이 싫어서.

온 세상이 들썩거렸다. 덩달아 여행 병이 단단히 걸린 나도 미친 듯이 일을 하고 누가 쫓아올 거 같으면 요리조리 따돌리며 도망치듯이 비행기를 탔다. 친구들과 떠난 여행에서 난 회사원이 아닌 고유한 나로 돌아가는 시간이 쌓였다. 가끔 여행지에서 걷고, 웃고, 멍때리다 잠시 길을 잃었다가 친구들과 다시 만날 때는 그렇게 반가울 수 없다. 플라멩코를 보며 마신 맥주에 기분 좋게 취해 가우디의 가로등 아래를 걷던 바르셀로나에서도 친구들의 뒷모습을 보면 안도감이 밀려들었다. 표지판도, 가로등도, 길도 없는 몽골사막 위 차 안에서 어둠이 스멀스멀 찾아올 때도 혼자 여행이 아니어서 두렵지 않았다. 겁 많고 경계심 강하고, 모든 상황에 예민하게 반응하는 내가 그나마 여행자로 여행을 즐기게 된 건 전부 친구들 덕분이다. 여행은 흔들리는 나를 더 흔들리게 하고, 집으로, 회사로 돌아와 다시 떠나기를 부추겼다. 같은 곳을 가도 다르게 보는 이들과의 여행은 안정과 균형을 추구하는 나를 온통 헤집어 놓고 흔들어서는 조금은 더 나은 방향으로 이끌어 지금의 나를 만들었다.

방구석과 회사 구석만을 오가며 살았다면 난 지금 어떻게 되었을까? 세상은 넓고 할 일은 잘 모르던 삼십 대에 시작된 나의 여행은 역마살이 생에 33퍼센트 정도 있는 내게 피난처이자 비상구였다. 아마 여행하지 않았다면 잠자리에 까탈스러운 사람이라고 혼자 착각했을 테고, 어릴 적부터 있던 결벽증이 좋아지지 않았을 테고, 여행지에서만큼은 이래도 좋고 저래도 좋은 무향 무취의 인간임을 알아채지 못했을 거다. 오후 다섯 시만 되면 정신이 퇴근해 당이 떨어져 묵언수행을 하게 되는 사람인지도 몰랐을 거고, 낮에는 장뇌삼이라도 먹은 것처럼 부다페스트 언덕길을 후다닥 올라갈 수 있는 텐션과 체력이 되는지도 전혀 깨닫지 못했을 거다. 높은 곳에 오르면 나타나던 고소공포증도 여행하며 조금씩 나아져 이제야 도시의 전망을 제대로 즐기게 되었다. 그렇게 여행은 내 안에 있던 새로운 나를 꺼내서 내 손에 다시 건네주었다.

우리는 여행 끝에 인상적인 모멘트를 말한다. 각자 느낌이 달랐던 순간을 공유하는 그때의 기분이 몸속에 들어온다. 3대 맛있는 음식이나, 형편없던 음식 이야기를 서로 나눌 때도 좋다. 하루 여행을 마치고 숙소에서 마시던 맥주 한잔의 알싸한 맛으로 피로가 스르륵 녹아버리던 그 숱한 밤들이 여행을 가지 못하는 지금, 몹시도 그립다. 가끔은 토라지고, 삐지고, 은연중에 화해하고, 다시 우리는 함께 떠나기를 바라고 바란다. 어른의 여행은 조금 앞선 미래의 나를 만든다. 현재에 발바닥을 붙인 채 떠난다. 돌아올 곳이 있는 여행이다. 용기백배로 낯선 나라를 탐험하듯 떠나는 여행 유튜버도 아니고, 험난한 여행으로 고생을 사서 하고 싶지 않은 나이가 되었지만, 여전히 나는 낯선 땅에서 모래알처럼 뒹굴뒹굴하며 느리게 여기저기 기웃거리는 여행자가 되기를 바란다. 반드시 친구들과 함께.

　　마키아벨리의 《군주론》은 군주와 거리가 먼 인생을 살아도
한 번쯤 읽어야 한다고 했다. 그때까지 내게는 읽지 않고, 읽은 척
하는 책들. 즉 부채감 가득 책 리스트가 있었다. 그중에 하나가
《군주론》이었는데, 군주가 될 리도 없고, 군주의 마인드도 아니
고 무엇보다 현재는 민주주의 시대가 아닌가. 정치도 정치의 역사
도, 정치의 미래와 현재도 정치의 이면도 진저리를 쳤던 나에게 군
주론이라니. 나와 맞지 않은, 아니 싫은 책으로 독서 모임을 한다
니 참석하지 않아도 상관없었다. 그러나 삶이란 안 하던 것을 할
때 급격한 변화가 쑥 하고 일어난다. 바로 그때 나는 뭐에 홀린 것

처럼 '굳이 안 해도 될 것'에 몸을 실었다. 삐딱함을 영양분으로 살던 탓에 억지로 읽고 참석하면 뭐라도 얻는 게 있겠다 싶었다. 자의 반 타의 반. 토요일 오전 참석한 그 자리가 새로운 취미활동이자 인생 반려 모임의 시작이었다.

H 문화센터의 수강생들이 모여 어쩌다 만들게 된 독서 모임으로 10년 넘게 형태와 온도, 밀도, 회원 구성은 조금씩 변했지만 지금도 유연하게 유지된다. 회원들은 개인적인 사정으로 쉬었다가 다시 찾아도 아무 일 없던 것처럼 복귀를 반기고, 활동을 이어간다. 와해하지 않고, 느리게, 꾸준히, 다정하게 이어진다. 다만 내가 이제는 일정이 맞지 않아 참여를 못 해서 안타깝지만.

우리들의 독서 모임은 큰 목표도 확실한 성과도 없다. 무언가를 이루어 보겠다거나, 콘텐츠를 제작해보겠다는 사심이 전혀 없었다. (있었는데 내가 몰랐나?) 그냥 같은 책을 읽고 만나 커피를 마시며 함께 책 이야기를 떠들고 배가 고프면 점심을 먹고 헤어지는, 별 특별한 게 없는 심심하기 짝이 없는 모임이다. 설레고 기다릴 만큼 재밌는 이슈가 빵빵 터지는 게 아니고, 도파민 과다가 되지도 않고, 책을 읽은 감상을 말하다가 오히려 자신의 현재 고민거리를 토해내는 뜬금 고백 타임으로 넘어가 책과는 전혀 무관하게 히말라야나 세렝게티 초원, 안드로메다에 다녀오기도 한다. 그렇게 2주에 한 번씩 토요일 오전에 만나 발제자가 발제하고 각각의 질문에 서로의 이야기들이 오가는 별거 아닌 행위들이 쌓여서 우리에겐 어떤 변화가 일어났던 걸까.

우리의 모임은 아는 사람을 기반으로 모이는데, 장단점이 있다. 장점은 아는 사람과 진지한 책 이야기를 하며 아는 사람의 다른 면을 발견하게 된다. 연예인 뒷담화나 상사 욕을 하며 수다를 떨지 않고 그나마 책 이야기를 해서 하고 나서는 약간의 뿌듯함과 친밀감이 생긴다. 허심탄회하게 이야기해도 적정선에서 이해할 수 있다. 그리고 무엇보다 '척'하지 않아도 된다. 그리고 주기적으로 만나니 서로를 돌보게 된다. 단점은 건너뜰 수 있다는 문제가 있다. 강제적이지 않으니 스스로 다잡지 않으면 독서 모임은 늘 2순위 3순위로 밀려난다. 결국 빠지기 십상.

그래서 강압적으로 혼자서 읽기 싫은(힘든) 책을 같이 읽는다. 의미 있는 책을 선정하려 애쓰는 편이다. 재미있는 책, 좋아하는 책은 혼자 읽어도 충분하니까. 그 외 어려운 책이나 도전하고 싶은 책, 또는 독서 모임이 아니면 절대 들여다볼 거 같지 않은 책까지 읽게 되는 한마디로 장르 불문의 독서가 가능해졌다. 물론 가끔은 서로 서로에게 책 고문을 하기도 했는데. 예를 들면《총균쇠》,《코스모스》,《사피엔스》같은 두꺼운 책들이 기피 대상이었다.

나는 이과 출신이라는 타이틀 아래 어려운 책들을 일부러 선택했는데 《코스모스》 발제를 맡아 3개월 전부터 회원들을 독려하며 아니 독촉하며 다 읽게 만들기도 했고, 수포자들에게 억지로 수학책을 읽게 하여 비난 폭주를 온몸으로 막아냈다. 책은 다른 세계를 탐험하는 도구라면 책 모임은 다른 생각을 흡수하는 작은 풀장이다. 수영은 못하지만, 튜브를 타고 둥둥 떠 있는 걸 좋아하는데, 모여서 책 이야기를 나누다 보면 나와 다른 이들이 쏟아내는 생각의 풀장 속에서 유영하며 촉촉해지다 못해 나른해진다. 삭막하기 짝이 없는 일상에서 숨을 쉬게 된다.

우리는 가상의 책 하우스에서 만나 2주일에 한 번씩 서로를 솎아주기도 하고, 물을 주고, 비료도 준다. 각자의 방식으로 이파리가 나고 열매가 맺히면서 아주 조금씩 자랐을 것이다. 고정관념에 틈이 생기고 갇혀있던 사고방식이 흔들리고, 나의 의견만이 옳은 게 아니라 타인의 말에 기울이는 스펀지 귀와 바람개비가 달린 가슴도 갖게 되었다.

사회, 인문 서적을 따로 읽지 않아도 독서 모임을 통해 다양한 책들을 읽으며 세상의 박자에 함께 발을 맞추었고, 아예 몰랐던 세계의 문을 열기도 하고 사회에 단단히 발을 딛게 했다. 독서모임은 10년 동안 혼자 읽었다면 다 들여다보지 못했을 세계로 나를 안내했다. 독서 편식에서 구원하였고, 타인을 이해하는데 서툴렀던 나를 그나마 공감하는 인간으로 만들었다. 이렇게나 멋진 모임이었다니, 놀라운데!

책을 읽으며 작가가 구축해 놓은 세상을 보고, 또 한 번 회원들의 세계를 보게 된다. 각각의 세계가 열리고, 그 안의 것을 살피게 된다. 읽었던 책들과의 연결이 일어난다. 우연으로 겹치는 중첩의 세상으로 지니고 있던 지혜와 지식이 어느 순간 사방으로 펼쳐져 기이한 경험을 하기도 했다. 우리는 활자를 읽고 난 후 각자의 깊은 고뇌를 한 후에 말한다(얕은 생각으로 참석한 경우가 다반사지만). 카톡으로 전하는 문자가 아니라, 굳이 시간을 내어 서로 만나서 얼굴을 보고 말로 전달한다. 바로 책이 사람이 되는 순간이다. 책은 그렇게 우리들의 마음에 흔적을 남긴다. 각자의 세계를 바꾸며, 행동으로 이어진다. 혼자 읽는 책은 내 안에 남아 영양분이 되지만 함께 읽는 책은 이야기가 되고, 다시 증폭되어 흐름을 만든다. 녹슬어 버린 사회의 시스템을 바꾸지 못해도 내 옆 사람은 조금씩 바꿀 수 있다. 그것으로 충분하다.

내게 책은 반드시 읽어야 하는 진지한 대상이었으나, 이제는 가끔 저 멀리 밀어내도 화내지 않을 가벼운 도구가 되었다. 나를 살아가게 하는 도구 중에 가장 내 손에 익은 그래서 활용하기 좋은 도구. 호미든 도끼든 내 멋대로 쓴다. 사람을 만나게 하는 매개체로, 인생의 변화를 일으키는 불쏘시개로도 오케이. 그렇게 혼자 읽고 같이 이야기하는 취미활동을 이어간다.

저는 일정이 달라져서 다른 분점을 만들어 활동 중
입니다. 일요일에 네 명의 멤버가 모여 책 이야기를
합니다. 한 달에 한 번으로 일상이 꽤 진지해지고 정
다워져요. 참 좋습니다.

미술관
메이트

국립현대미술관 과천을 오랜만에 찾았을 때는
봄이 느리게 오는 중이었습니다.
친구와 간단하게 식사하고는
커피는 야외 테이블에서 마시자며 자리를 살폈습니다.
그리고 시시콜콜한 이야기를 나누었어요.

친구의 뒤편에 앉아 있던 고운 그레이 컬러의 커트 머리
할머니 두 분이 눈에 들어왔습니다.
두 분 다 정갈한 차림새에

조용한 목소리로 대화를 나누고 있었어요.

첫눈에, 참 멋진 할머니들이구나.

아마도 전시를 보러 나들이를 나온 거겠죠.
누군가의 시선에 상관없이
당신들의 취미를 이어가는 모습이 참 보기 좋았습니다.

우리 둘도 나이 들어 할머니가 되어도
이렇게 미술관을 찾는 취미를 이어가면 얼마나 좋을까요.
굳이 결심하거나 작정하지 않고 그냥 이대로만
계속 인생의 작은 조각들을
좋아하는 걸로 채우면 좋겠다고 생각했습니다.

우리는 여행을 가서도 그곳의 미술관을
찾아 함께 감상했던 추억들이 남아 있습니다.
이제는 인터넷으로 그림을 쉽게 구경하더라도
예술가의 손이 닿은 흔적을 가까이서 보고 싶은
마음에 갤러리를 찾을 겁니다.
혼자의 감상도 좋지만 둘이 하는 미술 감상은
발견의 기쁨이 두 배 이상인걸요.

두 할머니와 우리의 모습이 겹쳐 보여
오랜 시간 그 풍경이 마음에 남았습니다.
언젠가 할머니가 된 우리 둘을 지켜보며
그때의 저 같은 생각을 하는 이들이
또 어디선가 있다면 좋겠습니다.

안 하던
것을
하기까지

익숙한 식당에 가고, 먹던 음식을 먹고, 다니던 길이 편한 사람. 그러면서도 틀에서 벗어나는 걸 간절히 원하고 실천하려 애쓰는 바보가 바로 나다. 모순으로 점철된 다중인격이라 해도 이해가 갈 만큼 몸과 마음이 따로 움직인다. 그래서 지루한 걸 좋아하면서도 싫어한다. 시도조차 못 할 취미를 갖는 걸 외면하고 싫어하면서도 늘 그런 취미와 취향을 진심으로 존경하고 부러워한다.

예를 들면 텅 빈 하늘에 몸을 내던지는 스카이다이빙은 절대하지 못할 거 같고, 패러글라이딩도 포함. 한 가지도 힘든데 세 가지를 연달아서 하며 자신과 싸우는 철인 3종 경기도 할 수 없다.

내려와야 하는 암벽을 굳이 등반하거나, 네팔 트레킹이나 국내 명산을 오르는 등산, 이슬 맞고 한데서 잠을 자는 비박이나 짐을 쌌다가 풀었다가 또 싸야 하는 캠핑, 지렁이를 꿰어 낚싯줄을 던져놓고 찌를 가만히 보고 있어야 하는 낚시도 감히 범접하기 어렵다.

외향형 인간이 아니니 아웃도어 취미는 그렇다 쳐도 집에서 꼼지락거리는 건 그나마 자신 있겠다 싶어도 여전히 뜨개질은 내성질에 못 하고, 미니어처 만들기처럼 작은데 집중하는 것도 아마 10분이면 갑갑증이 와서 때려치울 게 뻔하다.

"취미가 뭐예요?"라고 묻는다면, "음~ 에" 하고 로딩 시간이 하도 오래 걸려 뭐라도 배워 당당하게 말하고 싶었다. 인생의 취미 하나 동반하면 동반자가 없어도 안 심심할 텐데, 이것저것 배우고 연마한 취미가 전혀 없는 건 아니다. 첫 번째는 보태니컬 아트를 배웠다. 색연필로 세밀화를 그리는 건데, 하다 보면 집중 끝에 힐링이 찾아온다. 회사에서 백팔번뇌로 힘들다가도 교실에 가면 고요해졌다. 평일 저녁 문화센터의 그 시간만은 사수하고 싶었다. 1년 정도 배우고 내가 그린 꽃 그림을 액자까지 해서 문화센터 복도에 전시도 했는데, 정작 나는 바빠서 가보지 못했다. 색연필과 도구와 액자는 남고 의지는 사라졌다.

캘리그라피도 배웠다. 홍대 인근의 교실에서 토요일 오후, 먹과 한지 속에서 수전증을 극복하지 못한 채 삐뚤빼뚤 글씨를 쓰며 나름 흥미와 재미도 얻었는데 역시 도구는 남고, 기술은 줄었으며 필체는 퇴보했다. 이젠 볼펜 글씨도 자유분방! 안 하던 것에 도전하는 건 지루한 생활에 스위치가 되곤 했는데 배움에 익숙해지는 순간, 의지가 약하고 쉽게 질려 하는 성격 탓에 시도의 대상이 된 것들을 나의 지루한 궤도로 끌고 들어와 같이 돌기 시작했다. 나의 우주 안에 취미 행성이 늘어갈 뿐, 그 취미를 보듬고 살피기 쉽지 않았다.

캘리그라피와 보태니컬 아트 이후 팔찌를 만드는 취미에 흠뻑 빠져 동대문에 원석을 사러 다니고, 급기야 가죽 팔찌를 손수 디자인하고 재료비를 아낌없이 쓰고 만들어 친구들에게 나눠주고, 재료비만 받고 팔기도 하며 한 시절을 신나게 보냈다. 내 서랍 안에는 그때 만들다 말았던 재료들이 있고, 화장대 서랍에는 핸드 메이드 팔찌들이 아직도 있다. 그러나, 이 역시 언제든 다시 할까 말까 망설이며 취미 궤도의 외행성처럼 저만치 비켜 서 있다.

실내 자전거를 타면서 보는 저녁 정보 TV 프로그램에는 저세상 텐션을 가진 듯한 이들이 모여서 활동하는 동호회가 소개되는데 가만히 지켜보면 재밌다. 인간은 혼자의 상태를 잘 견디지 못하고, 무조건 모이는 동물이라는 것을 깨닫게 된다. 모여서 배드민턴을 치고, 모여서 아코디언을 연주하고, 자전거를 타고, 축구도 탁구도 모여서 하고, 스포츠댄스, 줌바 댄스도 하고, 아쿠아로빅, 달리기도 모여서 하고, 등산은 말할 것도 없고, 아날로그 카세트로 음악을 듣는 것마저 모여서 듣는다. (무궁무진하구나! 근데 왜 하나도 끌리지 않는 건가?)

나뿐 아니라 보통 인간의 의지는 고산지대 산소처럼 희박하고 달고나 조각처럼 연약하여 부러지기 십상이다. 그래서 누가 봐도 강제적인 게 분명한데 강제가 아닌 거 같은 자율을 표방한 동호회를 만들고 서로의 감시 아래 해야 뭐라도 하게 된다. 20대에 나도 스노보드 동호회 활동을 꽤 했었다. 여전히 스노보드를 타냐고? 그럴 리가! 지금 내 옆에 있지 않지만 내 안에 남아 있다. 만약에 노르웨이 여행을 가거나 스위스 알프스 스키장을 가더라도 슬로프를 보며 커피를 마시면서 아련한 추억이 플레이되도록 회상 버튼을 눌러 소환할 순 있겠다.

아프니까 청춘이라던 그 시절의 고개마다 즐겼던 작은 취미들이 내게도 있다. 하나를 꾸준하게 오래 하지 못하지만, 단발성 취미활동이 쌓여 지루한 인생에 뾰족 봉우리를 만들었다. 나에게 취미란 아무래도 안 하던 걸 하자는 삐뚤어진 마음에서 시작된다. 하던 것들을 하는 건 일상이고, 절대 하지 않을 것 같은 걸 시작하는 용기, 그러다가 좋아하게 되고 즐기게 될 때까지의 과정을 취미로 삼는다. 그러다가 가차 없이 팩하고 돌아선다. 그래서 꾸준히 하나에 집중해서 오랜 시간 아카이빙을 하는 취미 생활자를 존경

한다. 금세 질리고 해보다가 훌쩍 말아버리는 게으르고 얄팍한 마음을 지닌 나로서는 감히 따라 할 수 없는 취미를 가진 이들이 나이 들수록 부럽다.

나의
진심은
어디에

이거 봐라.

아니, 이걸 누가 그렸대?

너희 이모부가 유튜브 보고 따라 그렸다고 하더라.

우와, 이모부 재주가 좋네.

　사실 놀랐다. 카톡으로 온 이모부의 그림 실력은 의외였으니
까. 단 한 번도 배워본 적이 없다고 했는데도 초보의 실력은 아니
었다. 이모부도 가장의 역할에 묶여 하고 싶었던 걸 접고 살았나보
다 싶어 코끝이 좀 찡해졌다.

부모님의 세대부터 우리까지 아니 요즘 MZ세대들도 매한가지일 거다. 하고 싶은 걸 하지 못하면 그걸 취미로 삼았다. 진심은 꼭꼭 숨겨두고 사회적 가면을 쓰고 활동한다. 그렇다면 여기서 이제 사회적 역할과 위치와 가면이 사라진 난 되돌아볼 필요가 있겠다. 내가 진심으로 하고 싶었던 건 뭐다? 뭐였지? 내가 뭘 하고 싶었을까? 진짜 근 2년에 걸쳐 찾는 중인데 꽁지도 찾을 수 없다. 생각날 때마다 자문자답하는데 대충 이렇다.

인생 탐구 자문자답

- 소설을 좋아했으니, 세상이 놀라 자빠질 만한 이야기를 써서 소설가가 되자!
→ 놀라 자빠질 이야기는 이미 나올 만큼 나왔어.

- 드라마와 영화감상에 진심이었으니 어서 공모전에 응모해 봐. 쓰기만 하자고.
→ 십 년을 해도 어려운데, 지금 시작해서 환갑잔치 겸 축하 파티해도 좋긴 하겠다.

- 그림 그리기 좋아했는데 집이 가난해서 하지 못했으니, 이제라도 그림을 배워봐?

→ 뭘 그릴 건데? 인물화? 풍경? 유화? 수채화?

– 가구도 만들고 싶었고, 아니, 가방디자이너가 꿈이었던 적도 있는데.

→ 그 성치 않은 손목으로 될까?

– 옷도 만들고 싶잖아. 재봉틀부터 사자!

→ 중고 재봉틀은 당근마켓이래.

이렇게 자문자답 100문항을 하고 또 해도 진짜로 내가 하고 싶은 걸 찾지 못했다. 하고 싶은 게 없는 거다. 오십이 넘어서도 여전히 헤매고 있고, 갈 길이 멀다. 책 《당신의 B면은 무엇인가요?》, 《프리워커스》, 《아티스트웨이》를 읽을 때는 흥미롭고, 재미있으며, 나도 분명히 내가 모르는 내가 좋아하는 그 무엇이 '짠' 하고 나타나 그것에 매료되고 다시 열심히 매진할 수 있을 거 같은데 책장을 덮고 나면 원래의 나로 슬그머니 돌아와 있다.

정말 좋아하는 게 없어서 이러고 있는 건가? 아니면 욕심이 없어서인가? 아니면, 현재 상황(돌봄 생활)에 만족하는 건가? 이런 저런 생각들이 뇌리에 스칠 때마다 나만 빼고 사람들은 참 좋아하는 게 많아서 좋겠다고 부러워한다.

방송 채널이 늘어나다 이젠 OTT까지 생겨 눈 깜짝할 새에 우수수 쏟아지는 드라마를 나오는 족족 정주행하며 따라보거나 몰아서 보는 이들이 수두룩하며, 여전히 영화감상을 즐기는 영화광들이 존재하고, 독서가들은 얼마나 또 책을 읽어대는지 감히 따라갈 수 없다. 각계의 인플루언서들이 넘쳐나고 유튜브에는 지식의 보부상들이 지식 봇짐을 풀어놓는다. 보기에도 벅찰 만큼 바쁘고 정신없다. 그리고 본업이 아닌 진심 분야를 이야기한다.

우리는 얼마나 솔직하게 살고 있을까? 좋아하는 게 제2의 제3의 이야기가 되는 그들이 진심 부럽다. 좋아한다는 감정이 모두가 동질일 수 없고, 같은 밀도일 수 없다. 아마도 나는 매사에 미지근한 온도로 뭉근하게 좋아해서 그 감정이 옅고 흐리멍덩하다. 나는 죽을 때까지 정말 좋아하는 걸 찾을 수 없을 것만 같아 조금 슬프다.

결론의 자문자답

– 소설 좋아하잖아?

→ 난 축에도 못 껴. 소설가들이 멋진 소설 내면 재밌게 읽는 독자로 남을래.

– 너 영화, 드라마 엄청나게 잘 보고 언제나 진심이었잖아?

→ 그게 좋아하는 게 아니더라고, 나야 가끔 보는 정도지 뭐.

– 그림은 어때?

→ 미술관, 갤러리에 한 달에 한 번 정도 가면 딱 좋은 거 같아!

– 만드는 거 좋아한다며?

→ 처음 만들 때만 좋고, 두 번째부터 질려.

자기가 좋아하는 걸 만들고 쓰고 소개하는 이도 있고, 남이 좋아하는 걸 소비하는 이도 있다. 진심을 땔감 삼아 열정을 불쏘시개로 계속하는 이들이 있다. 누군가는 창작하고, 누군가는 즐긴다. 내 진심의 포커스는 다양한 분야의 것들을 얇고 넓게 조금씩 즐기고 소비하는 삶이다. 그러나 자꾸만 창작의 분야를 기웃대고 발을 담그고 싶어 한다(사주에는 창작의 팔자가 전혀 없는데 말이죠. 다시 모순덩어리인 나 자신과 마주하게 됩니다). 한 분야를 깊게 파서 지식을 천천히 탐구하는 게 아닌 얇고 바삭거리는 질감 정도로 맛보고 그 순간을 기분 좋게 느낀다. 최애라든가, 팬클럽 활동, 덕질 같은 건 죽었다 깨어나도 절대 할 수 없는 분야다. 물론 쉽게 단정 짓진 말자. 죽었다 깨어나면 감사한 마음에 옥황상제 덕질을 할지도 모르니까.

그러나 롸잇나우. 나의 마음은 고정값이 없어 둥실둥실 떠다니고 여기저기 기웃대며 급격하게 커브를 튼다. 유튜브에도 TV 속에도 길거리에도 넘실거리는 타인의 진심 속에서 과연 어디에 내가 진정 좋아하는 게 있을까? 나의 진심이 어디에 있을까? 오늘도 찾아 나선다. 여러분 방황하는 제 진심을 목격하셨다면 DM으로 알려주세요!

7

(경)
(제)

잘
늙으려면
해야 할
준비

가난에서 출발했지만 싫은 일을
싫어하는 사람과 하지 않고 현상 유지를 하게 되었다.
제대로 하지 않고 오십이 되었지만
그나마 하지 않았다면 더 낭패였을
삶을 꾸려가는 데 가장 기본인 경제이야기와
재산 증식은 절대 아닌 자산 지키기에 관한
소소한 이야기

우물가에서
나의
기술로

팔딱 뛰어올라 지상의 해를 쬐며 보송보송한 공기를 콧구멍에 넣고 싶다. 흠냐~ 이 안의 공기는 너무 습하고 눅눅하다. 흠냐~ 이 우울하기 짝이 없는 컴컴한 우물을 벗어나고 싶다. 누구나 그러하 듯이. 언제부터 이 우물에 갇혔을까. 리플레이 버튼을 눌러본다, 휘리릭~.

대학교 졸업 후 난 블랙홀로 빨려 들어가듯이 내가 간절히 원했던 광고 우물로 쑥하고 들어가 버렸다. 막상 우물에 들어가 보니, 사람인지 개구리인지 헷갈렸던 우물 안 개구리는 아무래도 이 우물은 내 우물이 아닌 것 같다며 자주 엇나가고 싶은 마음이 불쑥 치밀어 오르며, 탈출을 감행하려고 종종 스트레칭도 하고 몸을 만들었다.

우물 밖 세상이 그리워 뒷발에 힘을 빡 주고 점프하면 하늘은 넓어질 것이고, 코끝에는 달콤한 꽃향기와 산들바람이 불어올 것이다. 딱히 우물 밖이 어떤지도 모르면서 괜히 궁금하다. 나가기만 한다면 사람들이 목을 빼고 나를 기다린 것처럼 환호성과 박수 소리도 들릴 것만 같다. 아, 나는 이제 우물 밖 개구리가 아니다. 야호~.

상상이 현실이 되기를 온 마음으로 바라며 25년 넘게 광고 우물 안에서 복작거렸다. 우물에 오래 있다 보니 우물에 관한 생각이 꼬리에 꼬리를 물어 온 감각을 동원해서 실존하지 않는 우물을 머릿속으로 시뮬레이션하기에 이르렀으며, 나 나름의 '우물 인생론'을 구축했다. 여기저기서 풉~ 하는 소리가 들리지만 계속해보겠다. 비난과 타박에 맷집이 좋은 편이다.

나의 '우물 인생론'은 이렇다. 우리는 '일한다'라는 목적의식으로 각자의 우물을 부여받고 그 안에서 각자의 운명을 개척한다. 외국인이지만 한국에 건너와 김치 만드는 우물, 별로 웃기지 않지만 남을 웃겨야 하는 우물, 자식 농사보다는 자신 있는 벼농사의 우물, 본인이 제일 일을 많이 하는 거 같아 억울한 CEO의 우물, 떡

볶이와 찰떡인 눈꽃 새우튀김 만드는 우물, 무섭지만 참아야 하는 대형건물 유리창을 닦는 우물, 난독중에도 작가가 된 소설가의 우물, 이 외에도 무궁무진하다. 전 세계적으로 전 인류가 각자의 우물 안에서 산다. 그 깊이와 넓이는 제각각이다. '우물 안 개구리'라는 말, 부정의 뉘앙스를 풍기는 게 절대 아니다. 우리는 다 우물 안 개구리다.

그런데 가끔 각자의 우물이 깊고 밖이 궁금해서 미칠 지경에 다다르면 탈출을 감행하는 이들이 간혹 있다. 한번 점프했는데, 당연히 미끄러질 걸 예상하나, 어라! 우물의 각도가 90도 직각이 아니다. 각자의 우물 반경도 다르고, 각도가 다르다. 원기둥 형태의 우물이 아니라 암사 선사유적지에서 발굴된 빗살무늬토기 형태거나 혹은 고깔을 뒤집어 놓은 뒤집힌 원뿔 형태와 흡사하다. 그런 모양의 우물 안에서 뛰어오르면 바닥에 급하게 털썩 떨어지지 않고 슬쩍 미끄러지면서 살짝 경사진 벽에 안착할 수 있다. 우물의 반경이 넓어져 자기 운신의 폭도 넓어진 느낌을 받는다. 공기도 당연히 아래보다 좋다.

이런 우물이라면 조금씩 여러 번 뛰어올라 우물 밖 개구리가 되는 것도 가능할 법하다. 자신감이 충만해진다. 나의 첫 점프는 '강의'였다. 눈코 뜰 새 없이 바쁜 와중에 기회를 얻었다. 우물의 중간 부분까지 올라온 기분이 들어서 가슴 안쪽이 살살 간지러웠다. 이런 식이라면 탈출도 가능할 거 같아 영어도 못 하면서 미국 유학을 떠나는 플랜을 짜보기도 했다.

두 번째 다시 점프, '출간'. 세상 사람들에게 조금의 도움이 되는 일을 하고 싶다는 막연한 꿈이 이뤄진 역사적인 점프였다. 아침부터 저녁까지 평일부터 주말까지, 쏟아내는 아이디어가 쓰레기통으로 처박히는 삽질의 반복으로 소비되고 버려졌던 나의 창의력을 뜻있는 곳에 쓸 수 있다니, 꽤 가슴 벅찬 일이었다. 그렇게 광고만 죽어라 했던 나는 '나만의 우물'이 조금 넓어졌다. 그런데 아래를 내려다보니 우물의 반경이 넓어졌을 뿐 여전히 그곳이었다. 놀랍지도 않다. 우물은 쉽사리 벗어날 수 있는 게 아니다.

아이디어를 누에고치 속에서 명주실 뽑듯이 뽑아냈더니 더 이상 아이디어 실이 나오지 않았을 무렵, 카피라이터를 잠시 그만두고 시간 강사로 옷을 갈아입었던 적이 있었지만 본캐는 여전히 카피라이터여서 프리랜서로 카피를 쓰고, 아이디어를 내며 살았다. '나만의 우물'에 발을 푹 담가야만 경제적인 부분이 보완되었다.

극소량의 용기와 일회용 라이터 정도의 불꽃 추진력을 탑재한 나란 인간은 다른 우물을 파고 싶다는 열망만으로 여기저기 기웃거렸다. 시나리오도 쓰는 법도 조금 배웠다. 소설 쓰는 법도 배웠다. 배운다고 우물 이사가 쉽사리 이뤄지면 좋겠지만 배움은 즐거움의 영역이지 아무에게나 열리는 점프대는 아니었다.

결국 완벽한 우물 탈출을 하려고 회사를 그만두었지만, 여전히 글쓰기와 카피에 대한 강연과 강의를 한다. 창의적인 발상법과 글쓰기에 대한 조언, 가끔 에세이와 기획서를 쓰고, 아이데이션을 한다. 25년 동안 우물의 상단부까지 조금씩 점프했지만, 지금도 언저리에서 조용히 숨을 고른다. 우물 밖은 위험하니까.

우물 안 개구리들이 그나마 다른 우물로 간 것처럼 보일 때가 있는데, 그건 가장자리에서 다른 우물의 가장자리로 도움닫기를 해서 슬쩍 옮겨가는 경우다. 경사면이 완만할수록 나락으로 떨어지지 않고 다른 우물로 이사가 가능해지고, 특히나 어둠 속에서도 굴하지 않고 갈고닦은 기술이 있어야 하는 듯하다. 나 역시 나만의 기술력을 찾아보며 부스러기까지 긁어모으는 중이다.

광고회사를 그만두고 1년을 넘게, 세상을 전지적 관찰자 시점에서 바라보던 날들. 어디에도 소속되지 않은 개구리의 눈으로 살았는데, 광고가 아닌 세계가 얼마나 다채롭고 반짝이는지, 하루에도 여러 번 멍하게 있었다. 내 우물이 전부인 것처럼 살았는데, 하늘에 별보다 더 많이 각자의 우물이 빛나고 있었다. 그리고 저마다의 우물을 전부라고 생각하며 기꺼이 우리는 우물 안 개구리로 살고자 한다. 온 세상이 뒤집힌 원뿔 형태의 우물들로 가득 차 있는 상태를 상상한다. 서로의 우물이 일정 부분 겹쳐 있는 교집합 공간을 떠올린다. 나 역시 크로스된 우물가에 앉아 글 쓰고, 생각하고, 말하고, 알려주고, 같이 고민하며 더 나은 세상으로 나아가길 바란다. 튼튼한 우물이 많아지고, 끝없이 샘솟는 우물이 더 생겨나길, 그렇게 각자의 우물을 벗어나지 않으면서도 또 같이 어우러지려는 온 마음들이 현재의 우리를 지탱한다.

물욕의
컨트롤

88올림픽 무렵, 나는 올림픽 경기장과 딱히 가깝지 않은 학교에 다녔음에도 올림픽 예선경기를 보러 갔었다. 기억나는 예선경기는 그 당시 100미터 달리기였는데, 다른 경기들은 예선이든 결선이든 우리나라 사람들이 입장권을 구해 관람을 다녔기 때문에 비인기 종목인 경기에 학생 동원이 필요했던 거 같다. 관중이 드문 드문 있는 건 올림픽 개최국으로 자존심에 스크래치가 났을 것이니까.

그러나 예선경기도 경기 나름이었다. 육상계의 라이벌이 나오는 100미터 경기 자그마치, 벤 존슨과 칼 루이스를 코앞에서 볼 수 있는 경기였기에 주저하지 않고 우리는 달려가 앉았다. 낙엽이 굴러가면 굴러간다고 웃고, 별일도 아닌데 괜히 소리를 꺅꺅 지르기에 딱 적당한 나이 고1이었다. 누가 나와도 자동으로 환호성이 나왔다. 세상 심드렁한 나였음에도 그날의 경기장과 공기는 기억난다. 칼 루이스와 벤 존슨을 기다리기에 앞서, 가까이 있던 외국인들의 모습이 눈에 띄었는데 아마도 선수들이었겠지. 상의 탈의를 한 외국인을 보는 것도 깜짝 놀랄 일이었는데, 그들은 한 손에 한 개씩 오렌지를 들고 있었다. 그걸 까서 입에 넣는데 햇빛이 비치고 있어서 과즙이 사방으로 튀는 거까지 생생하게 내 눈에 포착되었다. 슬로모션처럼 보였던 그 관중석의 모습은 영화의 한 장면이 따로 없었다.

아! 오렌지를 저렇게 생으로 까먹는 거였어! 귤도 아니고, 선키스트 오렌지 주스가 아니라 오렌지라고?! 부러움의 강렬한 순간이 바로 그때였다. 우아하게 먹던 그들의 모습, 난 주스로밖에 먹어보지 못한 오렌지를 먹는 그들을 부러워했다. 그들이 까서 입에 넣은 오렌지컬러의 오렌지에 나는 홀딱 반하고 말았다. 파란 하늘을 배경으로 오렌지를 먹으며 경기를 관람하는 외국인 무리는 나에게 원대한 꿈을 심어주었다. 가볼 리도 없고, 갈 수도 없었던 캘리포니아 해변을 그리워하게 했다. 욕심이 생겼다. 왜 이렇게 오래된 오렌지 이야기를 생생하게 하는 거지? 음, 그렇다. 물욕을 이야기하려고 그 원인을 찾다가 떠오른 풍경이었지.

그때는 모두가 비슷하게 못살았다. 그래서인가 서로가 미워하거나 싫어하지 않았고, 서로를 애틋하게 바라보며 안타까워했다. 소시지 반찬을 싸 오든, 김치볶음을 싸 오든, 우리는 거의 비슷한 수준이었고(물론 공립학교만을 다녀서 그랬는지도 모르겠지만), 정말 잘사는 몇을 빼고는 다 함께 어울릴 수밖에 없었다. 그래서 욕심이 없었던 거 같기도 하고, 반대로 누리지 못하고 갖지 못하는 것들에 대한 욕심이 조금씩 자라고 있었는지도 모른다.

물욕을 단순하게 돈이나 물건을 가지고 싶은 마음이라고 단정 지을 수 없다. 내가 생각한 물욕의 시작은 갖지 못했던 아쉬움과 그리운 마음과 갖고 나서도 더 갖고 싶은 밑 빠진 마음이다. 그걸 사납게 욕심이라고 부른다면 인정머리 없다. 우리는 모두 물욕이 있고, 잘 채워지지 않고 쉽게 만족하지 못한다.

대학교 때 첫 과외 아르바이트를 해서 기타를 샀고, 회사에 처음 들어가자마자 스노보드 풀세트를 구입했다. 나의 취향과 정반대에 있는 품목들인데, 기타는 적응 못 했고, 스노보드는 몇 년을 실컷 타러 다녔었다. 어른이 되어서야 물욕의 봇물이 터지기 시작했다. 가질 수 없던 것들을 내가 번 돈으로 사는 짜릿한 기분을 생생하게 기억한다.

작은 거부터 큰 거까지 지름신의 내림굿이라도 받은 것처럼 그 당시 쓰고 싶은 것이라면 빚을 내진 않았지만 내가 가진 통장 잔고를 생각하며 구입했다. 화장품은 이미 20대에 명품화장품 라인을 쓰고(지금 그걸 써야 하는데 말이다), 에센스며 기능성 화장품은 30대에 거의 다 써보고, 디지털카메라는 손에 익을 만하면 업그레이드했고(누가 보면 포토그래퍼인 줄), 필름도 갈아낄 줄 모르면서 필름 카메라는 왜 구입했으며, 철마다 비슷비슷한 옷들은 왜 그렇게 샀는지(스티브 잡스인 줄), 3년 전 이사를 준비하며 깨달았다. 산처럼 쌓였던 옷 무더기와 소재와 크기가 다 다른 가방, 굽이 다른 구두와 부츠, 한 번도 신지 못한 샌들, 읽지 않고 바래 버린 책들, 버릴 것들과 버려져야 할 것들을 보며 이제 더는 갖고 싶은 게 없다고. 밑이 빠졌던 마음도 어느새 땜질을 단단히 해서 채워졌다고.

가끔 지난날의 내가 한심한 생각이 들 때가 있다. 물욕을 컨트롤 하지 못하고 하고 싶은 걸, 쓰고 싶은 걸 다 해냈구나(장하다). 그러나 돌이켜 보면 그래서 다행이다. 하지 못하고 사지 못했다면 앞으로 욕심을 더 부릴 것 아닌가. 마음이 한 번도 충족된 적이 없다면 그 빈 곳 때문에 욕심을 더 부릴 테니까.

사방에 창문과 시계가 없어 시간 가는 줄 모르는 백화점, 걸어도 걸어도 미로 같은 아웃렛과 세일 상품과 행사상품이 학익진 대형을 이루며 고객을 반기는 대형마트 같은 물욕의 집합 공간을 엄청나게 좋아했다. 그러나 이제 마트에 가면 빼곡하게 진열된 물건들 앞에서 잠시 허둥댄다. 구멍가게에서 10원짜리를 들고 사탕 하나 사려고 고르고 골랐던 어린 시절의 나처럼, 너무 많은 물건 앞에서 정신을 차리지 못한다. 물건들의 아우성에 물욕의 컨트롤이 무너지지 않도록 심호흡하고 정신을 또렷하게 차려야 한다.

오렌지가 잔뜩 쌓여 있는 매대 앞에서 1988년도 오렌지 풍경을 잠시 떠올린다. 이제는 마음먹으면 캘리포니아 해변에 진짜 갈 수 있다. 오렌지 따위 실컷 사서 먹을 수 있다. 나 잘사는구나. 그렇게 부러워하던 오렌지를 비닐봉지에 마음껏 넣을 수 있게 되었구나. 그런 유치하고도 귀여운 생각에 오늘도 혼자서 피식 웃는다.

쇼핑은
나의
운명

아쉬운 소리는 진짜 하기 싫다. 그래서 손해도 많이 봤었다.
밥벌이의 소중함 때문에 카피라이터 역할만큼은 충실히 해내야
해서 일면식도 없는 소비자들의 바짓가랑이를 붙잡고 애원했다.
세상 사람들에게 제발 우리 광고주님의 제품을 사달라고 조르고,
부탁하고, 부추기고, 마지막에는 반협박의 카피를 쓰며 매달렸다.
전 카피라이터는 현 소비자로 처지가 바뀌어서 당당히 쇼핑해야
하는데 이건 아는 게 무섭다고 잘 알면서도 남이 쓴 카피에 설득당
하여 속고 실망하고 울고 어이없어 웃으며 깨닫는다.

싸고 좋은 건 없다.

쇼핑이야 회사에 다닐 때도 자주 하는 편이었지만, 현재는 하루에도 여러 번 쇼핑의 갈림길에 서서 어떻게 해야 합리적이고 지혜롭게 최대의 효과를 얻을 수 있나 고민하고 고민한다. 한마디로 매일매일 쇼핑력 갱신 중이다.

충동구매 신과 동고동락하면서도 헛된 쇼핑은 절대 하지 않고 살아온 모태 절약의 DNA가 있다. 남들은 잘 모르는데 저렴하게 사서 고급스러운 것으로 보이게 하는 비결도 있다. 물론 쇼핑이란 자고로 잔고가 두둑해야 할 맛이 나고, 지름신의 부름에도 응할 용기가 있어야 하지만 잔고도 빈약하고 용기도 없는 상태에서의 쇼핑은 하나하나 따질 게 많다.

인터넷쇼핑, 홈쇼핑, 대형마트 쇼핑, 일반가게 쇼핑까지 두루두루 섭렵하는 사람으로서 규모에 맞는 살림살이를 위한 나만의 방식을 소개해 본다. 다들 본인의 스타일대로 사는 게 멋이니까. 이런 스타일도 있다는 것만 알아주길.

의심하면 절반은 성공이다.

사실, 이 의심은 광고판을 너무 잘 알고 마케팅도 속속들이 아니까 가능한지 모르겠다. 세상에 싸고 좋은 물건은 없다. 비싸고 거지 같은 물건은 있다만(사기니까 진짜 조심해야 한다). 하지만 비싸고 좋은 물건은 반드시 있다. 그리고 보통의 가격에 보통의 품질은 당연히 있어야 한다. 또는 합리적인 가격에 내 맘에 쏙 드는 제품, 있을 수 있다(눈 뜨고 잘 찾아야 한다). 그러나 진짜 싼데, 진짜로 좋은 거. 그건 있을 수 없다. 여름 파자마를 사야겠다 싶어 검색해보니 내가 가진 겨울 파자마의 반의반 가격이다. 당장 주문 넣어! 그럴 리가 없다. 싼 데는 이유가 있다. 소재가 나쁜 게 분명하다. 폴리에스테르 100퍼센트? 이런 파자마는 마르기는 잘 마르겠지만 나의 땀도 도로 토해내며 한여름에 사우나 기분을 덤으로 줄 게 분명하다. 가격이 싸다면 소재를 확인하고 원산지를 확인하고, 만든 곳을 확인한다. 무료배송이나 배송비 별도가 중요한 게 절대 아니니까. 가격 비교 같은 건 아무짝에 쓸모없다. 이미 사이트에서 다 비교해서 나오는 시절이니까. 의심하고 또 의심하라. 플러스 옵션 가격이나 배송비 별도 옵션도 확인 필수!

라인을 잘 서야 한다.

나와 당신, 우리 모두 온라인 쇼핑에 길들여진 건 팬데믹 때문이다. 팔순의 엄마조차 카카오 쇼핑과 네이버 쇼핑을 즐겨한다. 문 앞까지 배송이 가능한 시스템에 매번 놀라며 "집 앞까지 가져다주니 고마운 일이다"라고 말한다. "내가 낸 돈으로 배송해주는 건데 그게 왜 고마워?"란 말을 수시로 해서 각성시켜야 한다. 무료배송이면 정말 공짜로 배송을 해주는 줄 착각하는 어르신이다. 온라인 쇼핑의 장점은 배송이지만, 그로 인해 같이 등장한 건 쓸데없는 믿음이다. 온라인이 더 싸고 좋을 거라는 믿음. 남들의 평을 철석같이 믿는 믿음. 리뷰 역시 너와 내가 기준이 달라서 남이 좋다고 나도 100퍼센트 좋은 건 아니다.

먹는 식재료들은 직접 시장에서 사거나 마트에서 사는 게 좋다. 온라인 쇼핑을 했다가 낭패를 본 적이 부지기수다. 리뷰가 좋아 덜컥 구매했다가 내 마음엔 들지 않아서 혹은 맛이 없는데도 반품비가 아까워 그냥 울며 겨자 먹기로 먹는 것도 있고, 지난달에는 배를 샀다가 부분 반품 제도가 있다는 것도 알았다. 두세 개가 상했다면 그것만 처리해준다. 그 후 과일은 어지간해선 발품을 판다. 내 눈으로 보고 사야 확실하다. 또한 제품마다 좋은 채널이 다 다르다. 실내 자전거를 살 때 한 달 동안 채널별로 사이트에 들어가 동일 상품을 검색했는데 가격이 다르고, 혜택이 달랐다. 결국, 하나의 쇼핑몰에 충성할 필요가 전혀 없다는 것. 로그인과 비번 찾기가 정신 사납지만 합리적 소비를 위해 그 정도는 감내해본다.

장바구니에 일단 저장

고된 일에 시달릴 때나 야근으로 정신이 안드로메다로 갈 때, 토끼 같은 자식도 여우 같은 남편도 없는 난 언제나 나를 위한 선물을 정성스레 고른 후에 결제했다. 명품 가방은 아니더라도 사고 싶었던, 혹은 갖고 싶었던 아이템을 하나씩 사고, 적금을 들어 여행을 가곤 했다. 욕구가 들 때마다 샀다면 가산을 탕진하고도 남았겠으나 늘 장바구니에 담아두고 묵히는 스타일이라 그나마 월급을 지켰다. 현재도 장바구니에 담은 채 결제 버튼은 심사숙고한다. 간편 결제는 금물이다. 단, 장바구니에 담아 놓았던 '초당 옥수수'가 제철이 지날 수도 있겠으니, 먹고 싶었던 제철 음식은 신속 결제로 빠르게 먹고 다음 식재료를 기다린다.

내게 필요한 건 오직 하나

싸다고 사고, 세일해서 사고, 사은품에 눈이 멀어 우린 얼마나 허튼돈을 썼던가. 1월만 쓰고 처박아 두는 다이어리, 지구와 환경을 사랑하는 마음으로 챙기는 에코백과 텀블러 등 그렇게 대충 사고 얻어서 우리는 얼마나 많은 공간을 잃고 사는지 둘러봐야 한다. 분명히 안 사도 되는 걸 사고 있다. 1+1은 하나의 쓰레기에 그칠 걸 두 개의 쓰레기를 얻는 셈이고, 2+1은 아예 사지도 말자. 그 2+1 마케팅은 경제적인 것도 아니고 애매하기 짝이 없다. 특히나 둘이 하나씩 먹고 남아 버리는 +1은 누굴 주기도 뭐하다. 뒀다 쓰면 되긴 하지만, 하나 써보고 맘에 안 들면 불필요한 게 2개가 된다.

신중 또 신중하게

온라인 쇼핑이라도 쇼핑카트에 넣어두고 리스트를 재확인해야 한다. 안 그러면 상품이 두 개 들어갔을 수도 있고, 주문한 건 그레이컬러인데 깜짝 놀랄 만한 핏빛 레드가 올 수도 있다. 결제

할 때 할인 쿠폰이 있는지 꼼꼼히 체크한다. 결제하고 생각난 할인 쿠폰이 있다면 재빨리 취소하고 다시 결제할 것, 물론, 장바구니에 넣어두고, 며칠 후 열어봤는데 그 제품이 별로로 보인다면 과감히 삭제한다. 결제, 그건 반드시 해야 할 게 아니다.

동일 상품 검색 금지

이건 우리 모두의 정신건강을 위해 쓰는 방법이다. 샀으면 재빨리 그 상품을 사용하는데 기쁨을 얻으며, 바로 색다른 제품으로 관심을 돌리자. 굳이 검색해서 가격이 올랐으면 다행이나, 가격이 내려갔으면 내 기분도 함께 다운된다. 지나간 상품은 지나간 대로 두어야 한다.

우리
아끼지
말아요

회사 다닐 땐 엄마와 대화하는 시간이 많지 않았습니다.
하루에 쓸 단어를 밖에서 다 소진하고 집에 오면 자연스럽게
입을 꾹 닫게 되었죠.
이제는 말을 많이 합니다. 그중에 자주 쓰는 멘트는

더우면 좀 아끼지 말고 에어컨 좀 켜요.
양말도 새것 두면 뭐 해요, 제발 아까워하지 말고 신어요.
이제 쓸 때도 됐습니다. 씁시다, 좀.
드시고 싶은 게 있으면 이야기해요, 제발.

엄마는 흥청망청 써본 적이 없는 분이라

쓰라고 옆에서 세뇌를 시켜야 겨우 쓰는 분입니다.

예를 들면 화장지도 아끼고,

(화장지가 아까우면 신문지를 비벼서 쓰던가요.)

물도 아끼고,

(보통 할머니들의 공통점이죠.)

전깃불도 아끼고,

(하도 컴컴해서 겨울 아침에는 밥이 코로 들어가는지

모를 지경이에요.)

돈은 당연히 아끼고,

(특히 교통비를 아까워해요. 어렸을 때 전차비를 아껴서 찹쌀 도넛

을 사 먹었다고 자꾸 이야기해서 저도 그래야 하나 싶을 때가 있어

요. 세뇌당하는 기분이랄까요. 택시도 버스도 싫어해요. 아직도 걷

기 대장입니다.)

전쟁 이후 척박했던 대한민국을 관통하며 살아온 분이라

어쩔 수 없겠다 싶어도 가끔은 그렇게 아끼기만 하다가

이 세계를 떠나면 어떨까요?

세상이 너무 좋아졌다고 매일 감탄하면서도

즐기지 못하면 말짱 도루묵이에요.

지구를 위해, 환경을 위해, 저마다의 노후를 위해

아끼는 거 좋은데.

균형감이 필요할 거 같습니다.

먹고 싶은 게 있으면 사 먹고,

물 아끼지 말고 좀 시원하게 씻고

다닐 수 있을 때 여기저기 쏘다니는 것도 좋을 거 같아요.

아까워해야 할 것들은 사실 인간에게는 없습니다.

어차피 우리는 소멸할 것이고, 먼지로 흩어질 겁니다.

인생이 2회 차, 3회 차 살 수 있다면

이번 생은 아꼈다가 다음 생에 쓸 수 있다면 좋겠지만요.

아끼다 똥 된다는 말이 왜 있겠습니까.

저는 나이 먹어도 엔간히 쓰고 적당히 먹고

행복하게 살고 싶습니다.

안 될 걸
알면서,
미니멀 라이프

회사를 그만두고 나니, 수입이 0원이 되었다. 0원이 되는데 어떻게 살고 있느냐? 궁금할 것이다. 25년을 악착같이 직장을 다니고, 일을 하고, 결혼도 안 하고, 아이도 없고, 자동차도 없고, 그러면, 뭐라도 남아 있지 않을까? 빌딩은 못 올렸더라도 집 한 칸은 설마 있겠지. 의구심이 생길 터. 그렇다. 십수 년 전에 진짜 작은 아파트를 분양받았다. 사금융 엄마 대출과 나의 눈물과 청춘의 시간과 열정으로 한 땀 한 땀 모으고 모은 그때까지의 적금과 예금을 모두 탈탈 털어서 마련했다. 지금으로 말하면 영끌! 나는 피땀 눈물 아파트라고 부르고 싶다.

독립하면 내가 들어가 살아야지 했던 그 아파트를 현재는 임대하고 있다. 그 월세 때문에 난 엄마 집을 나가지 못했다. 회사 다닐 때는 월급 말고도 생기는 수입 덕분에 호사스럽게까지는 아니어도 마음과 지갑에 여유가 있었다. 곳간에서 인심 난다는 거 맞다. 이제는 그 월세가 수입의 전부가 되고 보니 백수 생활은 좋지만, 주머니 사정은 마뜩잖다.

얼마 안 되는 월세가 나오는 피땀 눈물 아파트를 철석같이 믿고 마흔에 퇴사를 한번 하고, 마흔아홉에 은퇴했다. 건물주라면 일하고 담을 쌓고 백수가 적성이라며 유람이나 다니며 놀았을 게 분명한 천성인데(누구나 다 그런 거 아니오?), 억지로 조직 생활을 꾸역꾸역했었다(다 돈이 원수다). 그동안은 그나마 떳떳하게 생활비를 내고 얹혀살았으나 현재는 기생하는 셈이다. 물론 요즘엔 살림 잘하는 주부로 기생에서 공생관계로 업그레이드가 되었다.

은퇴를 생각하면서 늘 적게 쓰고 사는 법을 시뮬레이션했었다. 난 충분히 잘 꾸려 나갈 계획이 다 있었다. 아니 있는 줄 알았다. 현실자각 타임은 시도 때도 없이 등장하는 법. 지름신과 동기동창이고, 하던 일이 눈만 높여 놓은 광고판이었기에 청빈낙도의 삶은 내가 두 팔 들고 손짓하며 내게로 오라고 해도 도망가기 바쁘다.

사실 인생에 있어 경제적인 문제가 큰 비중을 차지한다. 돈 많이 벌고 싶고, 성공하고 싶고, 집도, 빌딩도, 기왕이면 세컨하우스에 해외 별장도 소유하고 싶고, 흔히 말하는 부자도 되고 싶고, 기부 천사까지 아니어도 남을 위해, 세상에 도움이 되는 좋은 일도 하고 싶고, 성공한 자식이 되어 엄마의 목에 깁스한 것처럼 자부심도 높여주고 싶고. 그래, 나도 되고 싶은 게 참 많았다. 보통 사람들하고 별반 다르지 않은 걸 가끔은 꿈을 꾸고, 열망했다. 다만 그걸 위해 노력하지 않았다. 슬프지만 정확한 자기 객관화다. 노력해야 성공의 뒤통수라도 만져볼 것이고, 간절히 열망해야 눈곱만한 희망이 보이는 법인데, 왜 난 두 손 놓고 구경만 한 것일까. 아니면 한다고 했는데 이런 거? (그럴 수도!)

돈돈 하는 게 없어 보이고, 내 가치관과는 달라서 (그런 가치관은 개나 줘버리지, 그랬어) 연봉 협상 때마다 쥐꼬리만 한 월급 인상에도 고고한 척했고, 더 달라고 아쉬운 소리 하는 게 싫어서 상대방이 주는 대로 받았으며, 몸값 높여 이직도 잘하던데 귀찮아서 안 하고, 주식도 좀 생각하고 하지 꼭 막차 타서 폭삭 망하며, 부동산 호황 시절에 대출받아 아파트도 두 채 세 채 사고팔고 사고를 거듭하지. 꼭 나중에 어머 거기 많이 올랐더라. 같은 소리 하면서도 허허실실 웃었던 나였다. 용기도 없고 신경 쓰기도 싫어 작은 아파트 한 채도 감지덕지라며 만족했다. 이런 게으르고 심각한 멍청이가 따로 없다.

우리네 욕심은 한없이 커지는데, 가진 게 없어서 큰일이다. 은

퇴 후는 마땅히 할 일도, 할 거도 없어 결국 수입이 0원이 되는데, 이러다간 앞으로의 삶도 0으로 수렴할 거 같은데 어떻게 하나 싶었다. 퇴사 후, 나는 삶의 방향을 찾기 위해 책에 의지했다고 이 책 초반에 이야기했다. 나는 또다시 유튜브 경제전문가에게 의지하지 않고, 1일 1책을 통해 근검절약의 아이콘을 만나고 그들의 뒤를 따르고자 했다(그냥 유튜브 경제전문가들의 말을 듣고 뭐라도 해봐).

해저 8,900킬로미터 아래에 잠들어 있는 티라노사우르스의 화석 옆, 곤히 잠들어 있을 나의 근검절약 정신을 다시 깨우기 위해 《월든》,《숲속의 자본주의자》를 읽으며 밑줄을 그었다. 귀를 기울였다. 그들의 목소리를 내 안으로 흡수하려 애를 썼다. 처음 1년은 옷을 한 벌도 사지 않았고, 있던 옷을 버리지는 않았지만, 나름 미니멀리즘을 유지하기 위해 죽자고 노력했다. 텀블러에 커피를 싸서 다녔고, 티 나지 않게 스타벅스도 끊었으며 카페에서 만남도 줄이며 길거리에서 만나고, 공원에서 이야기하고, 무료 전시와 이벤트를 찾았다. 그리고 남들의 작업실로 찾아갔다. 지출을 줄이며 0원 소비 챌린지 같은 건 이미 다 해봤다. MZ세대보다 더 앞서가는 중이다.

그리고 《퇴사하겠습니다》,《그리고 생활은 계속된다》,《먹고 사는 것에 관하여》 같은 책을 읽었다. 특히 《퇴사하겠습니다》를 지은 이나가키 에미코의 책에 이입을 많이 했다. 나와 비슷한 컨디션이고(그녀는 유명 신문사를 다닌 언론인으로 절대 나와 비슷하지 않다만), 혼자 나이 들고 있고(이것만 비슷), 냉장고도 세탁기도 없이 아주 단출한 살림을 하는데(나는 가전제품 너무 사랑한다), 그런데도 읽으면서 그녀의 간결하고 단순한 생활에 자꾸만 끌렸다. 냉장고가 없으니, 나물을 말리고, 채소를 절임하고, 하루 치 식재료를 사서 식사를 만드는 삶, 흰밥과 된장국과 채소절임으로 점심을 먹고(절에 들어가는 게 낫지 않나 싶지만), 카페에서 글 쓰는 작업을 하며, 자전거를 타고 다니고, 요즘에는 피아노를 배우고 있는 듯하다. 보통의 삶에서 비껴간 듯 간결한 그녀의 삶을 책으로 엿본다고 해도 역시 나와 그는 다르다는 걸 다시금 깨닫는다. 우리는 모두 다 다르니까.

냉장고와 냉동고에 식재료를 가득 채워도 성에 차지 않는 엄마와 살고 있으니 단출한 삶은 이미 힘들다만, 어지간해서는 직접 만들어 먹을 수 있는 건 실천하고, 더 많은 걸 욕심내지 않는 삶을 유지하려고 한다. 누구를 위한 게 아니라 나를 위해서. 근검절약, 알뜰살뜰, 자린고비 같은 걸 떠올리지 않는다고 해도, 궁상맞지 않은 선에서 우리는 조금 가벼워질 필요가 있다. 오랫동안 풍요롭게 흥청망청 써버렸다. 전기고, 물이고, 돈이고 쓸 만큼 썼다면, 이제 좀 절제해야 한다. 풍요로운 시절을 통과한 후 간소하게, 깔끔하게 살다가 지구를 떠나고 싶은 마음이 들기 시작했다. 여전히 소비 요정이 내 옆에 찰싹 붙어있어 잘 안될 거 같지만, 그럼에도 불구하고 미니멀을 추구하고 싶어진다. 그나저나 옷장 정리는 언제 해야 하나.

이제 와 재테크?

대학교 다닐 때, 나는 별별 아르바이트를 다 했다. 예능 프로그램 녹화 현장을 따라다니며 박수와 환호 소리를 내는 방청 아르바이트와 고등학생 모의고사 OMR카드 아래쪽에 있는 주관식 문항 채점, 제약회사 포장 업무, 레코드 가게에서 서태지 음반 틀어놓고 손님 기다리기, 카페에서 서빙 아르바이트, 말 안 듣는 초등학생, 중학생 가르치는 보습학원 강사, 과외 아르바이트 등등 용돈을 벌어야 했으니까 닥치는 대로 짬나는 대로 아르바이트를 했다. 학비는 엄마의 등골을 빼먹는다 쳐도 다 큰 자식이 제 용돈 벌이는 해야지 싶었다. 하루를 정말 빡빡하게 살았는데, 어느 날 오후 5시에 집에 들어가니 아파트 경비 아저씨가 "어이구, 어쩐 일로 오늘은 일찍 오네"란 말을 내게 건네기도 했다.

아르바이트해서 돈이 조금 모이면 학원에 다니곤 했는데, 1차 통과만 되고 중도 포기한 환경관리기사 자격증 학원에 다니거나 말문이 트이긴커녕 좌절감을 안겨줬던 영어 회화 학원에 다니거나 일본 유학 계획도 없으면서 일어학원에 다니고, 가끔은 뻥튀기 안주를 무한 리필하며 김빠진 생맥주를 마시고, 쥐포를 뜯었다. 대학 졸업 후에는 무조건 돈을 버는 어엿한 직장인이 되고 싶어서 여러모로 진로를 모색했는데 모든 학원은 다 실패했고, 대학교 4학년, 발등에 불이 떨어져 가까스로 댄스학원이 아닌 카피 학원에 다닌 게 평생을 먹고살게 한 트리거가 되었다. 유일하게 학원에 투자해서 그나마 재미를 본 셈이다.

조금씩 모아두었던 적금을 깨서 피 같은 돈으로 다니기 시작, 본전을 뽑으려고 강북에서 강남까지 정말 열심히 다녔다. 대학 졸업 후 광고대행사를 비롯한 홍보 및 마케팅 회사 등등 응시를 하고 탈락의 고배를 마셨다. 마시는 건 자신 있었다. 술이든, 커피든. 결국, 학원에서 소개해 준 소규모의 광고회사에 들어갔다. 카피라이터로 첫발을 과감하게 내디뎠는데 과감한 첫발치고는 월급이 지나치게 비겁했다. 아르바이트할 때 벌던 거보다 적어서 초반에는 저금해 둔 돈을 헐어가며 야근 후 택시를 타고, 다니며 직장생활을 시작했다. 어찌나 야근이 많았던지 버는 거보다 길바닥에 뿌리는 돈이 더 많았던 시절이었다. 이문은 남지 않고 손해가 나던 수습 기간을 지내고 정직원이 되어서 회사생활을 이어갔다. 지금이라면 열정페이라고 노동청에 신고할 감이지만.

그래도 무슨 정신에 월급을 받으면 적금을 들었는데, 그게 가능했던 건 엄마 집에 함께 살고 있었고, 초반에는 도시락을 싸서 다니며 옷과 핸드백, 구두는 엄마 찬스를 많이 썼다. 그래서 3년을 다닌 첫 직장에서 천만 원이라는 종잣돈을 마련했고, 그게 비빌 언덕이 되었다. IMF 시절 회사를 그만두고 다시 재취업을 하기까지 놀면서도 천만 원에 손을 대지 않았고, 이자가 18퍼센트씩 되던 때라 이자에 이자를 받는 재테크가 가능했었다. (아, 옛날이여!)

월급쟁이의 재테크는 저축이 전부였는데 1년 단기간 적금 들고 그걸 타면 다시 정기예금을 들어 종잣돈을 불렸다, 다시 그걸 복리 상품에 넣어 조금씩 눈덩이 불리듯 조금씩 불려야 했는데, 눈이 잘 묻지 않아서 눈덩이가 되기도 전에 녹기도 했다. 회사를 그만두는 날을 늘 염두에 두어 1년 적금상품 외에는 관심을 두지 않았지만, 어느 날 청년 우대금리를 주는 5년 만기 상품을 드는 바람에 5년 동안 회사를 그만둘 수 없어 매일 울면서 다닌 내 인생 최고의 암울한 시기가 있었다. 물론 그 5년을 감내하여 작은 아파트를 장만하는 데 보탬이 되긴 했다.

나의 저축 설계에 대해서는 누구에게도 말하지 않았지만, 알고 보니 이미 전문가들은 사람들에게 다 알려주고 있었다. 난 전문가의 말에 귀를 기울였다기보다는 돈을 많이 벌지 못하니 내 나름대로 최선의 전략을 세웠던 거다. 월급 삼분의 일은 저금했다. 100만 원 월급을 받았던 때도 30퍼센트를 저금했다. 그리고 다시 남는 돈이 있다면 조금씩 자유 저금을 했고, 월급이 오를수록 적금의 폭을 높여서 많이 할 때는 월급의 50퍼센트까지 적금을 들었다. (고향이 서울이고, 엄마 집에 얹혀살았기에 가능한 저축 설계다.)

소비보다는 저축에 힘을 실었으나(마음만은 그랬다), 그 중간에 엄마의 암 투병과 나의 대학원 시절이 있었다. 목돈이 빠져나가고 다시 마음을 잡고 차곡차곡 저축을 시작했지만, 나의 경제가 확일어설 구조는 아니었다. 소비 요정 소녀 가장은 몸값을 높이고 싶었지만, 맘과 뜻대로 되지 않았고, 재정 상태는 좋아지지 않았다. 아무리 어부바를 외치는 은행도 내 편이 되겠다고 했던 은행도 정작 나의 재테크 꽃길을 열어주지 않았다. 저축한다고 해도 저축의 끝에는 '만기'만 있을 뿐 '성공'이나, '재벌' 또는 '건물주' 같은 건 절대 나타나는 법이 없었다. 늘 꽃길이 아닌 갯벌을 건너가야 했다. 여간 힘든 게 아니어서 잠시 은행을 옆으로 치워두고 기웃댄 곳이 증권회사였다. 물론 날 반길 턱이 없다.

우리나라 펀드 상품이 출시되었을 때부터 펀드, 해외채권, ELS, 발행어음 등등 간접투자를 해왔지만, 이 역시 전혀 재미를 보지 못했다. 도대체 어떤 사람들이, 누가 주식으로 재미를 보는가 싶다. 가상화폐 세계에도 슬쩍 발을 담가보곤 심장이 벌렁거려 한시도 잠을 자지 못하는 투자 최약체임을 깨닫고 모든 것을 정리한 후 새 노트북을 산 걸로 만족하며 가상화폐 세계를 떠났다. 주변에 펀드매니저가 있어 다 시도하고 투자해 봤지만 2022년, 2023년에 새삼 느끼는 건 나에게 기쁨을 주는 재테크는 역시 구관이 명관, 은행에서 보관료로 주는 눈곱만 한 이자다. 카카오뱅크에서 주는 몇백 원, 몇천 원의 이자가 캐릭터 라이언만큼 귀엽고 좋다.

주식도 다 부지런해야 하는 법. 앞으로 기업의 성장 가능성을 보고, 묻어놓아야 한다 해도 묻어놓을 돈이 없는 이에겐 전혀 도움이 안 되는 이야기다. 내가 가진 금전의 한도 내에서 나의 성정 안에서 재테크 법을 찾아야 한다. 그래서 나를 잘 살펴보았다. 본연의 나와 질문을 계속했다. '너 진짜 부자 되고 싶니?', '빚 있어도 괜찮겠어? 잠들 수 있어?', '부자 되면 뭐하고 싶은데' 같은 걸 돌아가며 물었다. 그러니 답이 나왔다.

천성이 하나둘씩 모아서 불리는 걸 좋아하는 편이고, 남에게 빚지는 건 단 한 번도 시도해본 적이 없는 사람으로 재테크를 하기에는 한없이 약한 유리 재질 본성이다. 월급 인생이었을 때도 못했던 걸 이제 와 할 순 없고, 그나마 누군가 알려주지 않아도 스스로 깨달은 노하우는 자산의 세분화다. 예금과 적금, 펀드와 주식,

부동산과 동산을 적절하게 나누어 놓는 것. 한 번에 몰아놓기보다는 나누어 두어야 한쪽의 경기가 안 좋을 때 다른 편에서 균형을 맞추게 된다. 부동산이 안 좋으면 주식 경기가 좋아지고, 주식이 떨어지면 예금 금리가 올라간다. 그러니 균형 있는 자산을 만들려면 결국은 자산의 세분화가 있어야 한쪽으로 치우침이 없이 고른 성장이 가능해진다. 앗, 미안하다. 성장은 아니다. 현상 유지다.

지피지기면 백전백승은 모르겠지만 백전백패는 피할 수 있었다. 오래전부터 몸소 체득한 방법이다. 나를 가장 잘 아니까. 직접 주식을 샀다가 하루에도 열두 번 앱을 열어보고 가상화폐 차트의 급상승 구간에서 멘털이 탈탈 털리며 마음 졸이는 나에게 주식과 가상화폐는 맞지 않는다. 아무리 일확천금 아우토반이 달까지 안내하며 기다리고 있어도 현재의 내가 흔들리면 그건 갈 길이 아니다. 접고 나니 마음이 편했다. 부동산 갭투자? 그런 편법은 싫다. 은행에서 대출받고 전세 놓은 걸로 집을 구매해서 시세차익을 본다는 건, 대출이자는 감당할 자신이 없다. 하지 말자! 결국 주어진 환경 안에서 일상이 흔들리지 않는 범위 내에서 작은 것에 만족하며 산다. 이제 와 재테크보다는 내 마음을 다스리는 心테크를 실천할 때다.

혼자
맞이할
노년

화요일 오전, 병원 가는 길은 날씨에 따라 기분이 좌우된다. 그날은 햇살이 적당해서, 연둣빛의 나무이파리가 바람을 따라 아파트 동 사이에서 제법 반짝였다. 걸으면서 갑자기 묻고 싶어졌다.

엄마가 그렸던 노후는 어떤 모습이었어?

평범한 할머니를 꿈꾸었노라고, 맡아서 키워주고 싶지 않지만 어쩔 수 없이 손자든 손녀든 키워 달라고 하면 키워주는 할머니가 되었을 거라고 답했다.

그랬다면 내가 돌싱이 됐을걸.

에이 설마

진짜 내 사주에 결혼하면 이혼할 팔자래, 안 하길 잘했지?

손자를 키우는 할머니가 되었다면 아프지 않았을까, 이렇게 병원에 다니지 않게 되었을까. 이런 생각을 잠시 했다. 가보지 않은 길에 미련을 둘 필요는 없는데, 문득 물어보고 나니 내 앞의 노후는 어떨까. 자식이 있어 손잡고 걸어가는 길이 없으니 꽤 심심하겠지만, 손자·손녀가 다리에 대롱대롱 매달리지 않으니 훨훨 자유로울 거다.

엄마와 오십 년을 살았다. 나로서 보면 한 사람의 노화 과정을 곁에서 다 지켜본 셈이고, 매일매일 인간이 천천히 나이 드는 시간을 그 누구보다 섬세하고 예리하게 관찰했다. 젊음을 관찰하는 건 무턱대고 에너지를 얻지만, 늙음을 지켜보는 건 희미하게 사라지는 것을 목도하고, 나의 노년을 준비하는 거라 신중해지고 어딘가는 서글퍼진다. 그러면서 '나는 그러지 말아야지'라는 다짐과 '나도 저렇게 늙고 싶다'라는 양가감정이 든다.

늙는 건 의외로 쉽지 않다. 하루아침에 오지도 않는다. 천천히 아주 느리게 온다. 아이의 시간이 하루하루 쌓여 어른이 되는 것처럼 어른의 시간은 하루하루가 쌓여 늙어간다. 오십 대에서 육십으로 넘어갈 때 건강을 자부하던 엄마는 암 수술을 받았다. 그때의 돌봄도 내가 했다. 물론 그때도 비용만 지불하면 나 대신 간병해줄 사람들이 전화만 하면 나타났다. 그때는 왜 사서 고생을 했던가? 간헐적으로 친인척의 도움을 받았지만, 전적으로 병원에서 먹고 자며 환자가 전혀 움직이지 못하는 일주일을 돌보고 한 달 반을 출퇴근하며 병원 생활을 했었다. 그때는 내가 철이 없어서 했던 것도 같고, 너무나 경황이 없어 마지막이면 어쩌나 싶어 했을지도 모르지만, 지나고 보니 프로의 간병을 받는 게 좋았을 것 같기도 하다.

만약에 자식이 없다면 돈을 들여 간병인을 쓰면 된다. 좋은 병원, 좋은 돌봄을 받을 수 있다. 그럼, 그 돈은 어디서 나오겠는가. 자식이 있든 없든 각자의 주머니에서 나와야 한다. 혼자 삶을 책임지고 꾸려야 한다면 무조건 돈이 있어야 한다(얼마 있어야 안심인가는 전문가와 상의해야겠다). 안 아프면 되지 않냐고 반문하지 말자. 그게 말처럼 쉽다면 고난과 역경이 난무하는 우리네 인간 삶이 아닐 것이다.

암은 누구에게나 찾아올 수 있다. 반가운 손님도 아닌데 아무렇지 않게 불쑥 엄마를 찾아왔었다. 엄마는 인생에서 큰 불청객을 맞이해본 사람다웠다. 의연한 자세로 육신의 고통과 마음의 우울감을 차분하고도 굳건하게 5년 동안 눈이 오나 비가 오나 새벽마

다 산을 오르며 털어냈다. 그 시간을 나는 입 닥치고 옆에서 지켜
봤다. 인간의 무한한 회복력을 믿게 된 시간이기도 하다. 큰 병을
앓고 회복이 되고 5년이 지나 완치판정을 받고 나서, 육십 대의 삶
은 안정적이었다. 엄마는 나의 아침밥을 해주고 함께 먹고, 낮에는
혼자서 산책과 운동을 다니고, 마트에 장을 보러 다니는 조용하고
안온한 일상을 영위했다. 그러면서 천천히 나이 들었다. 크게 부
대끼는 다른 자식이 있지 않았고, 남편 수발로 스트레스를 받는 노
년의 삶도 아니고, 그렇다고 어디 나가서 용돈을 벌어야 하는 재정
상태도 아니어서 본인의 스타일대로 소소한 행복을 느끼며 살았
다. 가끔 나와 여행을 다니고, 이모들과 맛있는 걸 먹고, 전화로 수
다를 떨며 극 I 할머니답게 본인의 리듬대로 살았다. 그러다 일흔
이 넘고 나서는 한 해 두 해가 달라졌다.

나의 일흔은 과연 어떤 모습일까? 엄마는 몸에 살이 하나도
없이 말라갔는데, 정말 시나브로 몸무게가 내려갔다. 암 투병을 할
때는 56킬로그램에서 36킬로그램까지 빠졌지만 회복하고 60대에
는 52~53킬로그램까지 유지했었다. 지금은 42킬로그램인 상태로
살도 근육도 사라졌다. 운동을 왜 안 했냐고? 60대 후반에서 70대
초반까지 엄마는 꾸준히 뒷산에 가볍게 오르고, 조깅트랙을 열 바
퀴씩 돌며 하루에도 만 보 이상을 걸었다. 그러나 심장판막이 너
덜너덜 고장 나고, 빈혈이 오고, 콩팥이 나빠지면서 운동을 할 힘

도 서서히 빠졌다. 정말 일흔 이후, 노년의 몸은 어떻게 될지 아무도 모른다. 엄마는 팔순이 된 현재, 투석은 투석대로 받고 있으며, 투석용 인조혈관이 좋지 않아 2~3개월에 한 번씩 혈관 확장 시술 같은 걸 하고, 치아가 좋지 않아 아랫니 일부를 임플란트하려고 준비 중이다. 대충 살다가 죽고 싶다는 말을 소가 여물 먹듯이 되뇐다. 거짓말이란 걸 안다. 모든 걸 내려놓았다고 말하면서도 전기 코드를 뽑고, 애호박 두 개 중에서 더 큰 걸 고르려고 들었다 놨다 한다. 노인의 생각은 알다가도 몰라서 내가 같이 죽자고 화를 내며 소리치면 서러워서 꺼이꺼이 운다. 더 살고 싶은 게 분명하다. 이제 엄마는 그래도 살 때까지 살아야 한다는 의지로 힘든 투석을 하고 치과를 다닌다.

대형병원에서는 노인이라고 해도 예외 없는 코스가 기다린다. 18홀을 도는 골프 코스보다도 더 복잡하다. 의료인들은 보호자 없이 혼자 오는 노인에게 친절한 편이지만 어차피 절뚝거리며 지팡이를 짚어도 본인이 직접 수납하고, 검사를 받으려면 검사실로 움직여야 한다. 넓은 병원을 가로질러야 하며 간호사들은 이름을 부르고, 의사 선생님은 으레 보호자를 찾는다. 보호자가 없는 노인에게 이야기하는 게 쉽지 않기 때문이다. 간호사들의 다음 진료 예약을 읊어주는 속사포 랩을 듣다 보면 나도 잘 모르겠는데, 저 할머니는 다 이해했을까 싶은 적도 있다(난 찰떡같이 알아듣는 할머니가 될 수 있겠지. 아자! 괜히 다짐해본다). 종이에 인쇄된 바코드를 자동 접수기에 대는 걸 어려워하는 할머니, 할아버지 옆에서 몇 번을 대신해 드렸다. 별거 아닌 일에 엄청나게 고마워하는 노인을 보며 나는 잘 해내야 한다는 생각이 아니라 누군가의 도움에 고맙다는 말을 따뜻하게 전하는 할머니가 되어야 한다고 생각한다. 분명히 나이 들수록 우리는 안타깝게도 잘하던 것도 어설퍼지고, 처음 하는 건 당황해서 누군가에게 도움을 받게 될 테니까. 그 사실을 받아들이지 못하면 매사에 역정을 내는 노인이 될 거다.

병원 인공신장실에 누워 있는 엄마와 주변인들을 두고 뒤돌아 나오며 이 연약한 존재들에게 조금이라도 인류애가 솟아나지 않을 수 없다. 두꺼운 가죽과 뻣뻣한 털이 없는 말랑말랑한 인간은 사실 너무나 연약한 존재다. 뼈가 있긴 하나 매우 가볍고 부러지기 십상이고 외부 충격에 취약하다. 우리 인간은 태생적으로 튼튼하지 못하다. 그래서 현대의학으로 약도 쓰고 기술도 쓰며 고쳐서 쓰는 방법이 최선이다. 조금이라도 아프면 병원에 가고 본인의 몸과 마음이 힘들어 혼자 처신하기가 어려우면 도움을 요청해야 한다. 안락사가 합법화되지 않는 이상, 아니 합법화되더라도 마지막에는 돈으로 일정 부분 케어받아야 한다. 그렇게 이 세상을 떠날 준비가 필요하다. 노년의 삶은 대비할 게 많다.

책과 미디어에서 말하는 노인들에 관한 생각, 또는 멀리 떨어져 있다가 만나는 부모의 늙어가는 모습은 정말 일부에 지나지 않는다. 단순하게 고령화 사회 속에서 생겨나는 노인 문제를 사회적 시스템이 해결해야 한다고 떠든다. 그러나 노인 문제에 대한 이론적인 이야기가 와닿지 않는다. 대책도 미미하고 보다 보면 어이없다. 우리 모두 노인으로 살아보지 않은 채 예단하거나 책 속에서 혹은 미디어에서 자료만을 뒤지며 정책을 세우고, 준비한답시고 한다. 그런 어이없는 헛소리를 듣고 볼 때마다 화가 난다. 아무도 노인이 되어보지 못하고 노인에게 필요하다고 기껏 생각하는 일들이 과연 로봇 반려동물을 만들고, 방문 요양사를 늘리는 정책으로 해결이 될지 싶다. 여전히 어려운 삶이 내 앞에 펼쳐질 것이다.

현명하게 혼자서 늙어갈 수 있을까?

그 질문은 주방 창문 너머로 노을을 보며 설거지하다가도, 낙엽이 굴러다니는 무장애 산책길을 걷다가도, 느리게 걷는 할머니와 할아버지들을 바라보다가도 불쑥 내 안에 나타났다가 사라진다.

오십이
되고
싶었다

　나는 얼른 오십이 되고 싶었다. 오십이 되면 회사원이라는 딱
지를 떼고, 자유인으로 돌아가고 싶었다. 그걸 위해 마흔 중반부터
일을 그만둔 내 삶을 그려보거나, 이번에 그만두면 절대로 다시 이
세계로 돌아와 직장인의 출퇴근을 반복하지 않겠다고 나와 다짐
했다.

　종목은 모르겠지만, 프리스타일의 삶을 살고 싶었다. 일주일
에 세 번, 격일 근무면 좋겠다는 야무진 꿈을 꾸기도 했는데, 지금
내가 딱 격일 근무제, 화, 목, 토요일로 투석 환자를 보필하니 사람
이 너무나 간절히 원하면 이뤄진다는 게 사실인지도 모른다. 이게

내가 원한 격일 근무제는 아닌데 말이다. 그래도 어쩌나. 내 인생은 꽃길의 아우토반이 깔려 있지 않다는 걸 오십에 또 깨닫는다. 혹시나 오십 이후의 반전을 내심 기대했나 보다. 그럴 리가 있겠는가.

공자님은 오십에 흔들림이 없으셨던 모양이다. 오십의 다른 말 '지천명(知天命)'은 공자님이 50세에 이르러 천명을 알게 되었다고 해서 나온 말이다. '천명을 안다'라는 건 하늘의 뜻을 알아 그에 순응하거나 하늘이 만물에 부여한 최선의 원리를 안다는 걸 의미한다. 음. 그리하여 오십을 아무나 지천명이라고 부르기엔 애매모호해진다. 그거야 공자님이니 가능하셨으리라(오십에 추구하는 거라고 하자! 목표치 정도면 좋겠다). 나는 하늘의 뜻은 뜨문뜨문 잘 모르겠고, 착실하게 고개를 끄덕이며 순응하지 못하고, 반항과 저항, 분개를 일삼으며 가끔 모든 것을 내려놓은 것처럼 말은 하지만 실상은 그렇지 않다. 여전히 세상 돌아가는 게 궁금하며 좋아하는 게 많아지나, 덩달아 싫어하는 것들이 더 많아진다.

공자님의 오십과 나의 오십은 천지 차이다. 평범한 인간인 나는 어떻게 하면 이 문턱을 잘 넘어볼지 고민을 하며 마흔 후반부터 준비했다. 오십까지 내 딴에는 열심히 살았으나 남들에 비해 부족했는지 크게 유명해지지 않았고, 그 모든 게 운때가 맞지 않아 그런 거라 사주팔자에 미뤄 버리는 노력이 부족한 사람이 바로 나다. 앞단의 시시콜콜한 이야기들은 오십의 문턱을 넘으며 숨을 고르는 과정의 에피소드다. 물론, 읽고 났는데도 잘 모르시겠다면 어서 앞으로 돌아가도 좋다.

　단 한 명의 가족을 돌본다는 숙제를 안고서 은퇴의 시절과 팬데믹이 온몸을 세게 후려갈겨 세상으로부터 자진 격리하고, 온몸과 마음을 차단하여 고요한 정적 속에서 오십의 나를 마주한 채 과거를 발판으로 삼아 하루하루를 살아가며 느꼈던 사소한 생각도 양념처럼 넣었다.

　저 밑바닥까지 꺼져 다시는 올라오지 못할 것 같은 불안한 감정과 환경 속에서 더 침잠되지 않도록 수를 썼다. 수련, 수양, 수고를 아끼지 않았다. 달리기하고, 삼시세끼 내 손으로 가정식 백반을 차려내고, 오븐 앞에서 반죽을 하고, 둘레길을 걷고, 1일 1책의 독서와 자기 전의 명상과 떠오르는 해를 향해 수리야나마스카라 같은 지금껏 하지 않았던 것들을 하며 내 딴에는 온갖 수를 써서 찾아낸 건 결국, 나였다.

　갑자기 역할이 바뀌었고 하던 일이 달라졌고, 온통 처음 맞닥뜨리는 상황이 혼란스러웠다가 다시 익숙해지고, 1년 전과 현재의 내가 달라진 걸 충분히 인지하게 되는, 매우 오랜만에 느껴보는 급진적 성장이 일어났다. 몸과 마음이 따로 놀며 매사에 서툰 상태조차 참으로 신선했었다. 살림하는 이들과 독립하여 살아가는 이들을 존경하게 되고, 매일 반복되는 소소한 걸 소중하게 여기게 되었다. 남의 속박과 시스템의 규제가 아닌 오롯하게 나로 사는 집 안에서(물론 돌봄의 속박이 피어났다만 넘어가자) 세상을 다시 보기 시작했고, 시간이 내게서 허락도 없이 빼앗아 가는 것들, 머리카락과 피부의 탄력 등 노화의 산물들 대신, 은근슬쩍 내 옆에 두고 가는 걸 발견해 기쁘기도 했다. 보통은 내게 없던 것들인데 미지근한 사랑, 손톱만큼 작은 용기, 지키고 싶은 정의 같은 것들이 뿌리내리기 시작했다.

아닌 척했지만, 속으론 남들보다 더 많이 벌고 싶고, 더 잘난 사람이 되고 싶고, 타인으로부터 관심과 사랑과 인정을 듬뿍 받기 위해 티 나지 않게 애를 썼는데 좀 티가 났어야 한다. 너무 아닌 척을 하다 보니 내심 버거웠던 것도 사실이다. 나이 드는 것도 인정하지 않고, 나이는 숫자에 불과하다며 모른 척 초연해지려 했다. 그러나 이제는 인정한다. 오십은 인정하는 나이라는걸.

지난주 새로운 OTT 구독 서비스에 가입했다. 오랜만에 결제하려니 카드를 등록해야 하는 것부터 난관이 버티고 있었다. 하다가 막혔지만 화내지 않고, 분노하지 않고, 차근차근히 해내는 내 자신에게 칭찬을 아끼지 않았다. 지치고 흔들릴 때마다 셀프케어를 한다. 혼자 잘 해낼 수 있도록 누가 대신 해줄 수 없는 것들과 차분하게 마주해야 한다. 예를 들면 인증서 받기, 구독 서비스 가입하기, 휴면계정 풀기 같은 걸 할 때마다 일사천리로 하지 못하는 나를 용서하고 이해하며 천천히 할 시간을 넉넉히 줘야 한다. 더 나이 들수록 더 못 할 테니까 말이다. 그런 나를 내가 인정해야 한다. 해도 안 되는 걸 수긍하고, 익숙했던 것들도 가끔 안 되는 것에 애를 쓰며 조바심 내지 말아야 한다. 이런 나를 온전히 사랑까지는 아니더라도 좀 봐줘야 한다.

혁신이나 격변, 발전 같은 단어에서 멀어져 평온한 상태가 좋다. 개선할 의지가 없는지도 모르겠지만, 확실한 건 그냥 지금처럼만 오늘을 무사히 보내고 싶은 작은 바람을 갖고 있을 뿐이다. 이제 와 대성공이나 대박이나 대탈출, 대반전 같은 큰 大가 접두사로 붙는 단어를 내가 가질 수 있을지는 고개가 갸웃거리나(그렇다고 안 갖고 싶다는 건 아닙니다), 어찌 됐든 난 매일 무사히 오늘만 같기를 원한다. 나의 시간을 점유한 타인이 있지 않은 상태, 나의 자유를 침범하는 세계가 사라진 바로 지금.

혼자 나이 드는 걸 약간은 두려워하지만 때로는 다 같이 잘 늙어갈 수 있기를 기대한다. 미래의 삶을 엄청나게 걱정하지는 않는다. '나만 나이 드는 것도 아닌데 뭘~'이라는 대책 없이 긍정적이고 쿨한 정신으로 나아갈 뿐.

나는, 앞으로도 잘 지내겠습니다.

당신도 어디에 있든 무엇을 하든,

오십이 되었든 아직 멀었든

각자의 길 위에서 각자의 스타일로

'남의 시선'에 의해 굴러가는 게 아닌 '나의 중심'을 잡고

'나의 필요'로 살아갈 수 있기를 응원할게요.

아닌 척해도 오십,

그래도
잘 지내보겠습니다

초판 1쇄 발행 2024년 3월 20일

지은이 서미현
펴낸이 이지은 **펴낸곳** 그로우웨일
진행 이진아 **편집** 정은아
디자인 조성미
마케팅 김민경, 김서희

출판등록 2002년 12월 30일 제 10-2536호
주소 서울특별시 마포구 어울마당로5길 18 팜파스빌딩 2층
대표전화 02-335-3681 **팩스** 02-335-3743
이메일 growwhalebook@naver.com

값 18,000원
ISBN 979-11-7026-636-5 (03810)